新 青葉のタスキ
～次の人のために～

大内一郎

まつやま書房

小説『新・青葉のタスキ～次の人のために～』は、
ちちぶＦＭ連続ラジオ小説のノベライズ版です。
ただし、読者の方に、より楽しんでいただくために加筆修正しております。
また、話の流れをスムーズにするために、
一部の描写には、作者の想像によるフィクションを交えております。
ご了承くださいますようお願い申し上げます。

はじめに

オール一年生で箱根駅伝初出場を果たした大東文化大学。

その陸上競技部新監督に就任した弱冠二五歳の青葉昌幸。

これは、大東大陸上部を史上初の大学駅伝「三冠校」に導いた

青葉昌幸と、その妻・ハツエとの二人三脚の物語である。

そして、来年に迎える第一〇〇回箱根駅伝競走大会に捧げる
ちちぶＦＭの連続ラジオ小説である。
（二〇二三年一〇月〜十二月放送　全一〇回放送開始前のナレーション）

新 青葉のタスキ ～次の人のために～ ◎目 次

～次の人のために～
『タスキ』をつないだ人々（主な登場人物）

第一区

・**金栗四三**……東京高等師範学校（現・筑波大学）。箱根駅伝創始者の一人。
日本人初のオリンピック選手（一九一二年　ストックホルム）

・**野口源三郎**……埼玉師範学校（現・埼玉大学 教育学部）。箱根駅伝創始者の一人。
アントワープオリンピック日本選手団主将（一九二〇年　ベルギー）

・**沢田栄一**……明治大学・箱根駅伝創始者の一人。第一回箱根駅伝・五区・区間二位。

・**山口六郎次**……明治大学・箱根駅伝創始者の一人。第一回箱根駅伝・六区・区間賞。

・**青葉昌幸**……元・大東文化大学陸上部監督。史上初の男子大学駅伝「三冠校」を達成。

・加納治五郎……講道館柔道の創始者。

・織田幹雄……日本人初のオリンピック金メダリスト・一九二八年・アムステルダム・三段跳。

◎早稲田大学／慶應義塾大学

第二区

・**青葉ハツエ**……青葉昌幸の妻。大東大陸上競技部合宿所の〝おかあさん〟

第四区

・**広島庫夫**……………ローマオリンピック・マラソン日本代表。元・日本最高記録保持者

・アベベ・ビキラ…エチオピア。ローマ・東京オリンピック・マラソン金メダリスト

第五区

・**円谷幸吉**…………一九六四　東京オリンピック・マラソン銅メダリスト

・**君原健二**…………一九六八　メキシコオリンピック・マラソン銀メダリスト

・船井照夫…………第三七回箱根駅伝・二区・区間賞／一九六四・東京五輪・一万メートル出場

・塩尻和也…………箱根ランナー／二〇一六・ブラジル・リオ五輪・３０００ＳＣ出場

・三浦龍司…………箱根ランナー／二〇二〇（二〇二一）・東京五輪・３０００ＳＣ七位入賞

第六区

・**宇佐美彰朗**………メキシコ、ミュンヘン、カナダ・モントリオールオリンピック・マラソン代表

・水田信道…………元・日本大学監督／箱根ランナー・第二七回大会・三区・区間賞

・澤木啓祐…………元・順天堂大学監督／箱根ランナー・第四二回大会・二区・区間賞・新記録

・井上　俊…………国士舘大学／第四二回箱根駅伝・一区・区間賞・区間新記録

・吉田博美…………順天堂大学／第四二回箱根駅伝・一区・二区・区間新記録

・青葉昌幸…………日本大学／第四二回箱根駅伝・一区・三位・区間新記録

◎中央大学／日本体育大学／東洋大学／青山学院大学／東京農業大学／法政大学／拓殖大学

第七区

・**川内優輝**……学習院大学／箱根駅伝・学連選抜／元 埼玉県公務員・現 プロランナー

第八区

・小出義雄……箱根ランナー／元 市立船橋高校、元 順天堂大学、元 リクルート監督

・高橋尚子……二〇〇〇 オーストラリア・シドニー五輪・女子マラソン金メダリスト

第十区

・**大久保初男**……大東大OB・初代『山の神』／箱根駅伝・五区・山上り・四年連続区間賞

・フランク・ショーター……一九七二・ミュンヘン五輪金メダル／福岡国際マラソン四連覇

・只隈伸也……元 大東大陸上部監督／一九八七・第六三回箱根駅伝・二区・区間賞

・奈良　修……元 大東大陸上部監督／一九九〇・第六六回箱根駅伝・五区・区間賞

・真名子圭……元 大東大陸上部監督／二〇〇一・第七七回箱根駅伝・一〇区・区間賞

◎福岡大学／中京大学／大阪商業大学／大阪体育大学／九州産業大学／同志社大学

専修大学／駒澤大学／山梨学院大学／東海大学／國學院大學／東京国際大学

エピローグ

・人見絹江……日本人女性初の五輪メダリスト・一九二八・アムステルダム・八〇〇M・銀

第一区　第一回箱根駅伝大会　誕生

一九六八年（慶応四年／明治元年）　明治維新。江戸を東京と改称し、東京に奠都《てんと》

一八七七年（明治一〇年）　西南《せいなん》戦争

一八八九年（明治二二年）　大日本帝国憲法の発布《はっぷ》

一八九四年（明治二七年）　日清《にちしん》戦争　（〜明治二八年）

一八九六年（明治二九年）　第一回　アテネ・オリンピック〔ギリシャ〕

一九〇〇年（明治三三年）　第二回　パリ・オリンピック〔フランス〕

一九〇四年（明治三七年）　日露《にちろ》戦争（〜明治三八年）

同　（同　）　第三回　セントルイス・オリンピック〔アメリカ〕

一九〇八年（明治四一年）　第四回　ロンドン・オリンピック〔イギリス〕

一九一二年（明治四五年／大正元年）

第五回　ストックホルム・オリンピック〔スウェーデン〕

一九一四年（大正三年）　第一次世界大戦（〜一九一八年／大正七年）

一九一六年（大正五年）　第六回　ベルリン・オリンピック〔ドイツ〕

一九一七年（大正六年）　東京奠都五〇周年―世界史上初の駅伝『東海道駅伝』

一九二〇年（大正九年）　国際連盟《こくさいれんめい》発足
同　（同　）　第七回　アントワープ・オリンピック〔ベルギー〕
同　（同　）　第一回東京箱根間往復大学駅伝競走大会

今も現存する、日本人初のオリンピック選手・金栗四三氏の日記にこうある。
「大正八年（一九一九年）十一月十五日、
埼玉村に於いて運動会を行うとの事にて出向す。（中略）
鴻の巣より乗車す。車中、沢田や早大生に、
明春、箱根あたりに迄長距離リレーを催して長距離の発達を計る事に議した……」と。

一九一九年（大正八年）十一月十五日。

高崎線を蒸気機関車に牽《ひ》かれた客車列車が、上野駅に向かっていた。鴻巣《こうのす》駅から上野駅まで、今なら電車で一時間もかからない移動にすぎないが、大正八年の当時では小旅行である。車内のボックス席では、家族連れやグループ客などが弁当を広げたり、早い酒宴に顔を赤らめたりしていた。


しかし、四人の青年が陣取る一角だけは雰囲気が違った。

彼らも最初は、退屈を紛《まぎ》らわす雑談に興《きょう》じていたのだが、いつしかそれが、気宇壮大《きうそうだい》な『夢』へと膨《ふく》らんでいったのである。目を輝かせ熱弁《ねつべん》を振るううちに声が大きくなっていたが、車内のだれ一人として、その話に耳を傾ける者はいなかった。いや、話が耳に入ったとしても、それを本気にする者はいなかったに違いない。

なにしろ彼らは、

「世界で闘《たたか》える日本の陸上競技選手を育て上げる」

ための計画を練《ね》っていたのだから。

青年の一人は、金栗四三《かなくりしそう》（一八九一―一九八三）。後《のち》に、『マラソンの父』と呼ばれることになる日本陸上界の至宝《しほう》である。

熊本県玉名《たまな》中学を卒業後、東京高等師範学校（現・筑波大学）に進み、一九一一年（明治四十四年）には、ストックホルムオリンピックの予選会で世界記録を二十七分も縮《ちぢ》めて、日本人初のオリンピック選手になっている。

二人目の青年は、野口源三郎《のぐちげんさぶろう》（一八八八―一九六七）。後に、『学校体育の父』と呼ばれる人物である。

野口は、埼玉県の岡部村、今の深谷市の出身で、埼玉師範学校（現・埼玉大学教育学部）から東京高等師範学校に進んだが、当時の校長であった講道館創始者の嘉納治五郎《かのうじごろう》に見出《みいだ》され、ストックホルムオリンピックのマラソン予選会に先輩の金栗とともに出場している。

圧倒的なタイムで走った金栗の影で目立たなかったが、野口の成績は四位だった。

その後、野口はフィールド競技に転向し、棒高跳びの選手として頭角《とうかく》を現すようになる。数々の国内大会で優勝し、一九一七年（大正六年）に東京で開催された極東選手権大会では、十種競技で優勝。アントワープオリンピックでは日本選手団の主将を務めた。

ちなみに、アントワープオリンピックが開催された一九二〇年（大正九年）は、『第一回箱根駅伝』（正式には『東京箱根間往復大学駅伝競走《とうきょうはこねかんおうふくだいがくえきでんきょうそう》』）が行われた年でもある。

野口の功績は、選手としてよりも、その後の活動にある。大日本体育協会主事、東京高等師範教授、内閣スポーツ振興審議会委員などの要職を務めながら、全国の中学校を巡回、指導するなどして陸上競技の普及に尽力《じんりょく》した。日本人としてオリンピックで初めて金メダルを獲得した三段跳びの織田幹雄《おだみきお》も、野口が広島県で発掘した選手であった。

三人目は、明治大学の学生であった沢田栄一《さわだえいいち》（英一）である。

沢田はこの年（一九一九年）の夏、金栗とともに超《ちょう》・長距離走《ちょうきょりそう》に挑んでいた。

沢田は札幌・東京間を二十二日で、金栗は下関・東京間を二十日で走破している。

後に報知新聞社に入社し、名古屋および千葉支局長を務めた。

　四人目は、この日、金栗・野口・沢田が集まるきっかけを作った山口六郎次《やまぐちろくろうじ》である。

山口は埼玉県日勝村《ひかちむら》、今の白岡市の生まれで、

当時は、沢田とともに明治大学の学生で競走部に所属していた。

沢田、金栗が超・長距離走に挑む一年前に、

山口は明大競走部の加藤富之助とともに東海道を十四日で走破している。

　山口は大学を卒業後、沢田と同じく報知新聞社に入社。

大日本体育協会常務理事、全日本陸上競技連盟常任理事に就任し、

終戦後、議員秘書を経て衆議院議員となっている。

　同期当選者は、田中角栄《たなかかくえい》（第六十四代総理大臣）、鈴木善幸《すずきぜんこう》（第七十代総理大臣）、

中曽根康弘《なかそねやすひろ》（第七十一代総理大臣）などであった。

　自民党副幹事長などの要職を務めるかたわら、

政治家となってからも箱根駅伝の育成に尽力し、東松山市の箭弓神社境内《やきゅうじんじゃけいだい》には、胸像と、『第一回箱根駅伝出場記念碑』が建てられている。

さて、一九一九年（大正八年）、十一月十五日。

この日、この四人が集まったのは、埼玉県鴻巣の運動会に、山口が、その審判員として、金栗・野口たち日本を代表する一流のアスリートを招いたからであった。

これが、『第一回箱根駅伝競走大会』誕生のきっかけとなったのである。

客車内での熱い語らいは、その帰り道のことであった。

その話題は、

「いかにして、日本の陸上競技選手を世界に通用するまでに育て上げるか」であった。

『世界』を自分の目で見て、自分の体で闘っている金栗、野口に牽引《けんいん》されるようにして、山口も沢田も若者ならではの熱き『夢』を語り始めていた。

最初に出た案は、『アメリカ大陸横断駅伝大会』の実施であった。サンフランシスコをスタートし、アリゾナの砂漠を横断、ロッキー山脈を走破して、アメリカ中部の農村地帯を抜け、ニューヨークにゴールするというコースだ。

彼らがこのコースを思いついたのは、そのわずか一週間前に、サンフランシスコ・ニューヨーク間を飛行機が飛んで新記録を樹立したというニュースが新聞を賑《にぎ》わせていたためだ。

飛行機で行かねばならぬ行程《こうてい》を、人間が生身《なまみ》の足で走破すれば、ニュースにならないわけがない。

「世界を、アッと言わせる」企画として、この『アメリカ大陸横断駅伝』のアイディアが生まれたに違いない。

ご存じでない読者がいるかもしれないので蛇足《だそく》ながら記《しる》しておくと、『駅伝』という競技は、日本発祥《はっしょう》のスポーツである。

世界には超・長距離マラソンはあったが、マラソンを「リレー」で『つなぐ』という発想はなかった。

『世界史上初の駅伝』は、一九一七年（大正六年）に行われた、『東京奠都記念東海道駅伝徒歩競争』（東海道駅伝）であった。

『奠都《てんと》』とは「首都を定める」という意味で、都を移動させる『遷都《せんと》』とは異なる。

日本政府は、明治維新で東京を日本の首都とするにあたり、遷都ではなく奠都という言葉を使った。

このため、今でも京都の人の一部には「日本の都は京都である」という意見がある。

一九一七年は、東京奠都五十周年にあたり、東京上野の不忍池《しのばずのいけ》では、『東京奠都記念大博覧会』が開かれた。この記念行事の一つとして、世界初のマラソンリレー『東京奠都記念東海道駅伝徒歩競争』が企画されたである。

コースは京都・東京間で、中継所は草津《くさづ》、水口《みなくち》、北土山《きたつちやま》、亀山《かめやま》、四日市《よっかいち》、長島《ながしま》、名古屋、知立《ちりゅう》、藤川《ふじかわ》、豊橋《とよはし》、新居《あらい》、見付《みつけ》、掛川《かけがわ》、藤枝《ふじえだ》、静岡、興津《おきつ》、吉原《よしわら》、三島《みしま》、箱根、国府津《こうづ》、大船《おおふな》、川崎、上野不忍池。

全二十三区間、五〇七キロの大レースであった。

この前代未聞《ぜんだいみもん》の大レース、『東海道駅伝』を企画したのは読売新聞社である。『駅伝』という名を採用したのは、社会部長の土岐善麿《ときぜんまろ》だった。

土岐は、『駅伝』という、その名を決めるにあたり、大日本体育協会副会長の武田千代三郎《たけだちよさぶろう》と相談し、奈良・平安時代の律令制《りつりょうせい》から生まれた通信・交通手段の『駅制』、すなわち『駅伝制』という言葉に思いを馳《は》せた。

『駅伝制』とは、主要街道の要所、要所に『駅』を置き、飛脚《ひきゃく》や馬を常駐させて手紙や荷物をリレー方式で運搬したことをいう。

土岐は、この『駅伝』という二文字《ふたもじ》こそ、「京都から東京までを走り抜く、五〇七キロの大リレーレースにふさわしい名称である」と、決断したのである。

『東海道駅伝』の出場チームは、東京周辺の選手で構成された関東組と、名古屋周辺の選手で構成された関西組の二チームで競われることとなった。

関東組は紫の『タスキ』、関西組は赤の『タスキ』を肩にかけて走ったが、これは、正しくリレーされていることを示す証《あかし》として採用されたものである。
『タスキ』といえば『駅伝』競走の代名詞であるが、
史上初のマラソンリレー大会から、
『駅伝』という名称と、『タスキ』が使われていたことは興味深い。

一九一七年（大正六年）四月二七日、金曜日、午後二時。
関東組と関西組の二チームが、京都三条大橋を東京に向かってスタートした。
そこから二十三人の選手をつないで、
関東組のアンカーである金栗四三が、上野不忍池でゴールのテープを切ったのは、
四月二十九日、日曜日の午前十一時三十四分のことであった。
関西組のアンカー、日比野寛《ひびのかん》がゴールしたのは、それから一時間二十四分後である。
今から一世紀、一〇〇年以上も前の出来事である。

さて、世界史上初の『東海道駅伝』の二年後、
鴻巣から上野までの車中では、

さらなるビッグプラン、『アメリカ大陸横断駅伝』の熱き『夢』が語り合われていた。

しかし、『アメリカ大陸横断駅伝』の実現のためには、当時の日米関係、国際情勢を考えると、とてつもなく高いハードルを乗り超えなければならなかった。

だが、まだ二九歳の金栗をはじめ、若き青年たちは、決して『夢』をあきらめようとはしなかった。

彼らは、「アメリカ大陸横断の前に、予選としての駅伝大会を日本国内で開催する」という新たな計画を検討し始めた。『アメリカ大陸横断駅伝』の最終目標である、「世界で闘える日本の陸上競技選手を育て上げる」という『夢』を、先ず日本国内で実現させることに主眼《しゅがん》を置いたのである。

現実と理想とをすりあわせた結果として生まれたのは、
ひとつ、「寒い時期に開催」、
ひとつ、「往復二日のコースで全十区間」、

ひとつ、「全コース、移動が容易《ようい》なロケーション」、
ひとつ、「ロッキー山脈踏破《とうは》を前提にした山岳コースを有する」、
といった条件で、それらをすべて満たすのが、東京・箱根間のコースだった。

一九二〇年（大正九年）二月十四日、土曜日、午後一時。

『第一回東京箱根間往復大学駅伝競走大会』

「用意！」の掛け声の後、手を一振《ひとふ》りしてスタートの合図を発したのは、審判官の金栗四三であった。東京・有楽町の報知新聞社前を、東京高等師範、早稲田、慶応、明治の四チームが箱根を目指してスタートした。第一区の四人の選手たちが、『夢』に向かって飛び出した。

沿道には六センチの積雪があり、
小田原ではイノシシによる事故を防ぐために鉄砲を持った青年団が立った。


明治大学の山口六郎次は、沢田栄一とともに『第一回箱根駅伝競走大会』を走り、沢田は五区・天下《てんか》の険《けん》・箱根の山上《やまのぼ》り、山口は六区・箱根の山下《やまくだ》りに出場した。

結果は、山口が区間賞、沢田が区間二位であった。
沢田は往路優勝のテープを切り、山口は復路をトップでスタートした。
そのまま明治大学が優勝するかと思われたが、大差を逆転して総合優勝を果たしたのは、
金栗四三、野口源三郎の母校・東京高等師範学校であった。

これが、日本の陸上競技で最も高い人気を持続し、
多くの長距離ランナーたちが『夢』に描く、『箱根駅伝競走』の第一回大会である。
「世界で闘える日本の陸上競技選手を育て上げる」という、
金栗、野口や、沢田、山口たちの、大きな『夢』への第一歩でもあった。

それから、半世紀近い年月が流れた一九六八年（昭和四十三年）三月。
埼玉県東松山市にある箭弓稲荷神社を、一人の青年が訪《おとず》れていた。
彼は、その三年前に境内に建てられた山口六郎次の胸像の前にしばらくたたずむと、
こうつぶやいた。

「先生、ぼくに力を与えてください」

この青年こそ、大東文化大学陸上競技部監督として、後に華々《はなばな》しい活躍を繰り広げた名監督、青葉《あおば》昌幸《よしゆき》であった。

《エンディング・ソング「夢をあきらめないで」（岡村孝子）》

第二区　秩父の山河

いま、全国の小・中学校、高等学校の卒業式で歌われている、『旅立ちの日に』という歌がある。

しかし、「白い光の中に、山並みは萌えて」で始まるこの歌が、秩父発祥《はっしょう》の歌であることをご存じの方は、あまり多くないに違いない。

秩父の山並みを一望《いちぼう》できる秩父ミューズパークの旅立ちの丘に登ると、『旅立ちの日に』のコーラスを聞くことができる。

この歌は、一九九一年（平成三年）、埼玉県秩父市立影森《かげもり》中学校の校長先生が作詞し、音楽担当の教諭が作曲したものである。

秩父の子どもたちは、この山並みの麓《ふもと》で育《はぐく》まれ、
秩父の山河という、壮大な自然に見守られながら成長していった。
その子どもたちの中に、遊ぶことが大好きでしかたないわんぱく少年がいた。
今、このわんぱく少年が、勢《いきお》いよくリヤカーを引っ張って坂道を登ってきた。

「おばちゃん、こんちはっ」

少年が、店先で水をまいていた中年の女性に声をかけた。

「おやおや、また親父さんのお迎えかい。いつもえらいねえ」

「うん、じゃあまたねっ」

少年は土埃《つちぼこり》を上げながら走り去った。

昼間から酒を飲んで酔《よ》い潰《つぶ》れてしまった父親を、迎えに行く途中なのである。


少年の名前は青葉昌幸《あおばよしゆき》。

一九四二年（昭和十七年）六月十六日、

埼玉県秩父郡太田村《おおたむら》の半農半工の家に長男として生まれた。

家族は祖父と祖母、父と母、そして五歳ずつ年の離れた弟が二人いる。

祖父は養蚕業《ようさんぎょう》の指導員、父はブリキ職人で、田んぼと畑は、おもに祖母と母がきりもりしていた。

とくに家の中のことは『ギンばあちゃん』と呼ばれる祖母が中心で、青葉家は、祖母を頂点に形成されているようだった。

祖父も父も、ギンばあちゃんには頭が上がらないのだ。


青葉少年の父は、ブリキ、トタンの修理や工事などを一人でやっていた。腕の良い職人だったため、村の人々から頼りにされていた。

当時の暖房は薪《まき》や石炭のストーブだが、その煙突《えんとつ》はトタン製だ。穴や隙間《すきま》が空いてしまうと、部屋に煙が充満する。だから、役場や学校の煙突修理をよく頼まれていた。

だが、父には悪癖《あくへき》があった。酒に目がないのである。

お酒をもらうと工事代をタダにしてしまったり、

「ちょっと飲んで行きなよ」と、

誘われると、酔い潰れるまで飲んでしまったりするのである。


「リーン、リーン、リーン」

けたたましい電話のベルが響きわたり、ギンばあちゃんが大きなため息をついて受話器を取った。

「なんだ、またけえ。どうしようもねえなあ」

どうやら、思った通りの電話だった。

酔い潰れた父を、リヤカーで迎えに来てくれという呼び出しである。

連絡を受けたギンばあちゃんから、

「昌幸。すまねえなあ。ちょっと行ってきておくれよ」

そう言われて、すぐに裏庭からリヤカーを引っ張り出すは、いつも青葉少年の仕事だった。すぐ下の弟がついてくることもあった。

もちろん、本当はいやである。

だが、頼まれると断れない性分《しょうぶん》に加えて、この仕事には余録《よろく》があった。

小学生の息子にリヤカーで運ばれるのは、さすがにバツが悪いと見えて、父が、あとでこっそりとお駄賃《だちん》をくれるのである。
その金額は、小学生にとっては大金といえる額だった。
リヤカー引きは、いい小遣《こづか》い稼《かせ》ぎでもあったのだ。
「昌幸《よしゆき》」という名前は、近所にある諏訪《すわ》神社の神主《かんぬし》さんがつけてくれた。
よくお茶を飲みに来る人で、一家で親しくしていた。
たぶん、名称・真田幸村《さなだゆきむら》の父で、
戦国時代最高の智将《ちしょう》とうたわれた真田昌幸《まさゆき》にちなんで命名してくれたのだろう。
たとえ逆境《ぎゃっきょう》に遭遇《そうぐう》しても、
才覚《さいかく》を生かして世の中に知られる人物になれということだったのではないのか。
だが酔っぱらいの父がケチをつけた。
役場に出生届を出すときに、よみ仮名をまちがえて、
「まさゆき」を、「よしゆき」と書いてしまったのである。
おそらく、跡継《あとつ》ぎの長男が誕生した喜びに、祝い酒を飲み過ぎてしまい、
酩酊《めいてい》したまま役場に行ったのだろう。

「ま」と「よ」は、横棒が一本足りないだけだ。
そんな経緯《けいい》で、「さ」の字も「し」と書いてしまい、
「あおば『よし』ゆき」が生まれたのだろう。

事情を知っている親戚や知り合いは、みな「よしゆき」と、呼んでくれた。
小・中学校の同級生たちも、字よりも先に音で名前を覚えてくれるので、
「よっちゃん」「よしゆきちゃん」
と、呼んでくれた。それで何の問題もなかった。
厄介《やっかい》なことになったのは高校以降だ。
初対面の人は、漢字を目で見て名前を呼ぶので、
誰も彼もが、「まさゆき」と読んでしまう。
同級生も学校の先生も、一人の例外もなかった。
最初は、「先生、『まさゆき』じゃありません。『よしゆき』です」
と、いちいち訂正していたが、やがて面倒になって、
「もう、『まさゆき』でいいや」と、なった。

だから、高校時代の友人の中には「あおば『まさ』ゆき」として記憶している者もいる。

青葉少年が生まれ育った秩父の太田村は、明治時代に太田村、小柱《おばしら》村、堀切《ほりきり》村、品沢《しなざわ》村、伊古田《いこた》村が合併してできた村である。

青葉家があるのは荒川に近い小柱地区で、青葉少年は、そこから四キロほど離れた太田地区にある太田小学校に徒歩で通っていた。

東京湾に注ぐ、全長一七三キロメートルに及ぶ大河・荒川は、その水源を甲武信岳《こぶしだけ》に置く。

甲武信岳は、甲斐《かい》、武蔵《むさし》、信濃《しなの》の三国の境にある奥秩父山塊《さんかい》の中央に位置する、標高二、四七五メートルの高峰《こうほう》である。

青葉少年は、このスケールの大きな秩父の山河で思う存分遊び回り、体を作った。野山をキャンバスに、どんな遊びをしようかと考え出すのが楽しかった。

夏は荒川の淵《ふち》で泳ぎ、冬は凍った田んぼで下駄《げた》スケートをやった。スケートの刃は、壊れた蓄音機《ちくおんき》のゼンマイを切って使った。

加工には、ブリキ職人の父が道具を貸してくれたり、コツを教えてくれたりした。

春から秋の天気の良い日には、大人たちと武甲山《ぶこうざん》に登った。

秩父盆地の南側にそびえる名峰・武甲山は、秩父神社の御神体《ごしんたい》で、ユネスコの世界無形文化遺産に登録された『秩父夜祭り』とも深いかかわりをもっている。

こうした秩父の山河は、子どもたちを育む壮大な自然のゆりかごのようだった。


この秩父の山河を、青葉少年はいつも走っていた。

走ることが大好きで、いつも子どもたちの先頭に立っていた。

仲間たちを引っ張る長男坊気質《きしつ》の青葉少年は、いつしかリーダー格の存在となり、自然にガキ大将として君臨するようになっていった。

だが、大将というのは金がかかるものだ。仲間にアイスキャンディーや駄菓子《だがし》を買ってやるのに、父からもらった小遣いは軍資金として大いに役に立った。


昭和二〇年代、三〇年代の少年たちが好んだスポーツといえば、それは野球だった。

青葉少年も例外ではなく、小学四年生で野球チームのレギュラーになった。

ショートで一番バッター。

それから大田中学校を卒業するまで、ずっと不動のレギュラーをつとめた。

しかし、それほど目立たない体格だったため、相手チームからは見くびられた。

「おい、見ろよ。大田のショートは、格好つけて深く守ってるぜ。

ショートに転がしたら全部内野安打だぞ」

だが、相手チームの、そのもくろみは常に失敗した。

見た目だけで侮《あなど》ったショートは、おそろしく足が速く、しかも強肩だった。

当たり損《ぞこ》ないのショートゴロに猛ダッシュして捕球し、矢のような送球で楽々アウトにしてしまうのだ。

それどころか、三遊間、二遊間、さらには外野までの広大な守備範囲を誇っていた。


そのころの青葉少年の夢は、プロ野球のスター選手になることだった。

「大きくなったら、プロ野球の選手になりてえ!」

憧《あこが》れは、東京六大学のスーパースター長嶋茂雄《ながしましげお》三塁手だ。

昭和三十三年、青葉少年が大田中学校を卒業した年、長嶋は読売巨人軍に入団した。

しかし、デビュー戦は散々な結果だった。

プロ野球を代表する国鉄スワローズ（現・ヤクルトスワローズ）のエース金田正一《かねだまさいち》の前に、四打席すべて三振。

青葉は、そのショッキングな光景を鮮明に覚えている。

なぜなら、高校の入学式を間近《まぢか》に控えたその日、青葉少年は、今は東京ドームとなった後楽園野球場のスタンドにいたのだ。

その時少年は、将来の巨人の三遊間は、長嶋と青葉だと真剣に夢を描いていた。


ところで、大田中学校在学中、青葉少年には、心ひそかに思いを寄せる少女がいた。

少女の名前は、愛称「ヤマハツ」こと、『山崎ハツエ』。

青葉少年と山崎ハツエとは、大田小学校からの同窓で、大田中学校を卒業するまでの九年間のうち、なんと八年も同じクラスに在籍した。

だが、青葉少年がハツエに惹《ひ》かれた理由は、同級生の可愛い女の子といったことだけではない。

何にでも一生懸命に取り組むハツエの姿がまぶしかったからだ。特に、中学二年生の秋から女子バレーボール部のキャプテンになったハツエの姿は輝いていた。
硬派《こうは》を気取っていた青葉少年は、
——女になんか興味はねぇ。野球部キャプテンのおれは、野球一筋《やきゅうひとすじ》だ!
と、無関心をよそおっていたが、
教室でもグラウンドでも、ハツエの一挙一動《いっきょいちどう》をチラリチラリと気にしていた。

そんなハツエの一生懸命には、大きな理由があった。

彼女は、家庭の経済的事情で、中学校を卒業したら就職することが決まっていたのだ。

だから、ハツエにとっての一日一日は、学生生活最後の一日一日だった。

その大切な一日を、一時間を、一分たりとも無駄にしたくないという切実な感情が、まだ一五歳の少女を、ひときわ輝かせていた。

青葉少年も、ハツエの家庭のことは耳にしていた。

うわさだが、大宮市(現・さいたま市)の大きな製造会社に住み込みで働くらしい。

心中やりきれない思いを抱《いだ》いていた青葉少年だったが、

——ヤマハツは、秩父からいなくなるのか……。おれの淡《あわ》い初恋は、卒業式までだ!

と、けじめをつけていた。

その卒業式も無事終わり、あと一週間で四月を迎える日曜日に、伯父《おじ》がやってきた。青葉少年が、グローブ磨きにゴシゴシと精を出しているときだった。

母の兄であるこの伯父は、隣町の議員もやっていて、青葉家の御意見番《ごいけんばん》のような存在だった。青葉家の人間ではないものの、大の妹思いで、ギンばあちゃんとも仲が良かった。暇ができると、青葉家に訪れては茶飲み話に興じた。

その日、その伯父が青葉家に持ち込んだのは山崎ハツエの話題だった。

「下郷《しもごう》の、山崎さんちの長女の就職が取り消しになったそうだ」

と、切り出した。

下郷は、旧太田村の字《あざ》のひとつである。小さな村では、こうした話がすぐ伝わる。

伯父の話は、こんな内容だった。

ハツエは、四月からの就職が内定していたが、もう三月も下旬になるというのに、なかなか会社から連絡が来ない。
すると突然、「採用無期延期」という非情な電報が届いたというのだ。
会社の事情により中学卒業生全員が対象らしい。
就職を楽しみにしていたハツエは、悲しくて悲しくて三日三晩泣き明かした。
しかし、どうすることも出来なかった。
しばらくは、家で母の手伝いをしながら、つらい思いを紛《まぎ》らわして過ごしていた。

「ところがだなあ、捨《す》てる神あれば拾《ひろ》う神ありって言うだろ」
伯父が、いったんお茶をすすって話を続けた。
「そんなハツエのところに、大田中学校のときに担任だった先生がやって来たんだ。
それでな、
『山崎さん。大田中学校に事務職員の配置が決まったんだけど、
どうだい、君《きみ》、やってみないかい。中学校の先生方も、ハっちゃんだったら
大丈夫だって、教育委員会に太鼓判《たいこばん》押して推薦してくれたんだ。どうだろう』
という事だったそうだ」

すぐに、ハツエは父と相談した。

はたして、中学校を卒業したばかりの自分に務まるだろうかという不安はあったが、ハツエは有難くこの推薦を頂戴《ちょうだい》することにした。

「とまあ、こういうわけで山崎さんちの娘さんは、教育委員会から採用通知をもらって、晴れて大田中学校の事務職員としての就職が決まった、ということなんだな。あの子、頭がいいらしいからなあ。やっぱり勉強は、しっかりやっとくもんだな」

と、伯父がいった。

こうして、大宮市へ行くはずだったハツエは、そのまま秩父に残ることになった。

その話に聞き耳を立てながら、意味ありげに顔をほころばす少年がいた。

埼玉県立秩父農工高等学校（現・秩父農工科学高校）への進学が決まっていた青葉少年である。伯父が目ざとく、それに気づいた。

「あれ？　昌幸。なんだか顔がニヤついているぞ。さては、山崎さんちの娘さんに『惚《ほ》』の字だな」

「バ、バカ言わないでよ伯父さん。おれは野球以外に興味なんかないよ！」

「そうやってムキになるところが怪しいなあ。
こいつ、顔に似合わずマセたガキだな。お前、いくつになった？
中学三年生だから一五歳か？　ははあ、思春期《ししゅんき》ってやつだな」
「ち、ちがうよ。やめてくれよ。おれには関係ないって！」
青葉少年は、胸のうちを悟《さと》られないように必死に抗弁《こうべん》した。
しかし、青葉の本心は、伯父が見抜いていた通りだった。
本当は、飛び上がって喜びたい気持ちだった。

まだ一五歳の青葉とハツエ。歩む道は分かれても、
二人の少年と少女は、今まで通り、秩父の山河を共にすることになった。

一方、「野球一筋」と言い切った青葉少年にも、
彼の人生を決定づける新しい道が待ちうけていた。
秩父では、長男坊は家を継ぐ者として大切に育てる風習があった。
青葉少年も例外ではなく、夕食のおかずも弟たちとは違っていた。サンマを食べるとき、

弟たちは半分なのに、青葉少年には一匹まるごと出されるのである。
そして中学を出たら、秩父の高校に進み、
卒業したら秩父鉄道、昭和電工、秩父セメントといった地元の大企業に就職して、
休みの日は、家の農業を手伝うというのが暗黙《あんもく》のルールだった。
青葉少年もそのレールに乗って、大田中学を卒業すると秩父農工高校に進学した。

ところが、その先に運命の岐路《きろ》があった。
当然、野球部に入ると自他ともに思っていたのに、
なんと陸上競技部に入部してしまうのである……。

〖エンディング・ソング　「やさしさに包まれたなら」（ユーミン）〗

第三区　永遠の恋人

一九五八年（昭和三十三年）四月。

秩父農工高校の入学式の日、式典が終わると各クラブの三年生が勧誘《かんゆう》を始めた。めぼしい一年生を部室に連れて行って説得するのだ。

当然、野球部の先輩が来ると思っていた青葉のところに来たのは、なんと陸上競技部の三年生だった。


これには伏線《ふくせん》がある。

大田中学校の野球部は、八月の大会で負けてしまい、三年生は卒業まで何もないことになってしまった。青葉はそれがいやで、足自慢の仲間たちを集めて駅伝チームを作り、体育の先生にお願いして、「秩父中学校駅伝」にエントリーしてもらったのだ。

青葉は一区を走り、区間二位の成績だった。

おそらくそれが、秩父農工陸上競技部の先輩たちの目に留《と》まったのだろう。

「大田の青葉は野球だけでなく、駅伝も走れるぞ」

と、マークされたのに違いない。

一方で野球部の先輩は、「青葉は、必ず野球部入ってくれる」

と、油断して別の新入生を誘いに行ったのだろう。

その隙《すき》を突いて、陸上競技部の勧誘が来たというわけだ。


陸上競技部の部室で、先輩はこう言った。

「青葉、野球で甲子園に行こうと思ってるんだろうが、残念だけど、秩父農工野球部に、その力はないぞ。お前がどんなに頑張っても、甲子園のチャンスはないんだ。

だが、陸上部なら可能性はある。

お前が活躍すれば、大阪の全国大会（全国高校駅伝大会）に行けるんだ。

どうだ、陸上部で頑張ってみないか」

全国高校駅伝大会は、今では都大路《みやこおおじ》を走る京都だが、当時は大阪で開かれていた。そのころ、埼玉県の代表は大宮工業が連覇中《れんぱちゅう》だったが、秩父農工もいい線いっていた。確かに頑張れば埼玉県で優勝して、全国大会に出ることも不可能ではないと思われた。

一瞬の逡巡《しゅんじゅん》の後《あと》、青葉は、

「はい、入ります！ 陸上部の、お世話になります！」と、答えた。

あれほど、「野球一筋」と断言していた青葉の言葉とは思えない明快な返事だった。

この瞬間だけ、「見えない運命の力」が、青葉の背中をドンと押したとしか考えられない。

その不思議な思いは、家族も同じだった。

「お前、本当にいいのかい。熱でもあったんじゃないのかい？」

と、心配した母は、青葉の額《ひたい》に手を当てて何度も念を押した。

だが、運命の後押《あとお》しを受けた青葉の決意は固く、

その日のうちに、秩父市内の内田スポーツ店に行って、

トレーニングウェアなど必要なものを買いそろえてもらった。

翌日から、「秩父農工陸上競技部員・青葉昌幸」の生活が始まった。

監督は、日本体育大学（日体大）を出たばかりの若い堀口先生だった。

堀口先生は、短距離《たんきょり》・中距離《ちゅうきょり》・長距離《ちょうきょり》・跳躍《ちょうやく》・投擲《とうてき》など、全種目の指導者だったが、駅伝で大阪にかける思いは、ひときわ大きかった。

「いいか、お前たちが考えるのは『打倒！　大宮工業』だけでいい。大宮工業を倒せば、全国大会に行けるんだ。大宮工業を倒して大阪に行くぞ！」

毎日、同じ言葉を聞いていると、だんだんそれが頭に染《し》みついてくる。

『打倒！　大宮工業』は、いつしか陸上競技部全員の合言葉になっていった。

全国高校駅伝・埼玉県予選会は、それまでに八回行われていた。
第一回の優勝校は、浦和高校。第二回と第三回の優勝校が、川越高校。
第四回からは、大宮工業が五連覇していた。
青葉が、一年生・二年生のときも大宮工業に苦杯《くはい》をなめたので、
大宮工業は七連覇することになる。

さて、陸上競技部に入った青葉たち一年生の練習は、毎日、毎日持久走《じきゅうそう》ばかりだった。ただ黙々と走るだけなのだ。野球のように、球を追いかけて投げたりすることはない。とにかく、変化に乏しいのである。

練習で体のあちこちがパンパンになり、ひどい筋肉痛で、階段の手すりにつかまらないと、二階の教室に上がれないようなありさまだった。

「こんな練習ばかりしていて、おれは、本当に速く走れるようになれるのか?」

そういう疑問が、正直に浮かんでくるようになった。

だが、その心配は杞憂《きゆう》だった。

夏休みが過ぎるころになると、一年生の青葉は、二年生・三年生を入れた部員全体の中でもトップグループに入れるようになっていたのだ。

青葉は、短距離も速かったが、自分の天分《てんぶん》は長距離にあると思っていた。

大田中学校の校内マラソンでは、二年生と三年生のとき、ぶっちぎりのトップだった。

そのせいか、うっすらと頭の片隅には、
大学生の走る『箱根駅伝』という文字がちらついていた。
中学生時代、正月の二日、三日は、ラジオにかじりついていた。
すでにラジオ放送されていた『箱根駅伝』に、夢中になっていたのである。
「東京から箱根までリレーするなんてすげえなあ…。おれも走ってみてえ…」
プロ野球が断トツの第一志望だったが、第二志望は『箱根駅伝』という思いがあった。
だから、陸上競技部の勧誘に、
「なぜだろう？」と感じるほど、あっさりと乗れたのかもしれない。

自分で意識していた通り、青葉の長距離走における才能は群を抜いていた。
中学までずっと野球をやっていた少年が、一年生の秋には、高校駅伝・埼玉県予選会、
全七区間の第一区を任《まか》されるようになっていた。
いちばん長い一〇キロの区間。俗に、『花の一区』と呼ばれるエース区間だった。

野球上がりの一年生にエース区間を奪われて、さぞ二年生・三年生の上級生たちが

悔《くや》しがっただろうと思われるが、秩父農工陸上部の先輩たちは、そんなことをおくびにも出さなかった。

「青葉、お前がしっかり走れば、秩父農工は悲願に近づく。だから、頑張ってくれよ」

と、才能ある一年生を応援してくれたのだった。

短距離や跳躍の部員たちも青葉に期待してくれた。

クラスの同級生たちとの、ふざけたり遊んだりの『横のつながり』も楽しかった。同じように、クラブ活動の『縦のつながり』が、学生生活に充実感を与えてくれた。みんな、いい仲間たちだった。

二年生に進級した青葉は、

「おれが、このチームを引っ張る」という自覚を持ち始めた。

家から秩父農工までは片道十キロほどの距離だったが、それまでの自転車通学をやめて、毎日走って往復するようになった。行き帰りで合計二十キロ。もちろんクラブの練習を、しっかりやり遂《と》げて、それにプラスしての自主練習である。

さすがに荷物は軽いほうがいいので、
教科書などの勉強道具はすべて部室に置いていった。
「勉強は、学校の教室だけ」という高校時代だった。

そして、全国高校駅伝・埼玉県予選会で、またしても大宮工業に敗れた二年生の秋、
青葉は全部員に押されてキャプテンに選ばれた。
秩父農工陸上競技部の伝統で、
キャプテンは、練習スケジュールをすべて考え、部員をリードしなくてはならない。
青葉は、必死になってリーダーとしての責任を果たそうとした。
長距離以外の種目のスケジュールも、副キャプテンと相談しながら考えた。
部員たちもよくまとまって、
「青葉のスケジュールを守ろう。それが大阪に行く近道だ」と、ついてきてくれた。
もちろん合言葉は、『打倒！　大宮工業』だ。
長距離部員の目標が、いつしか秩父農工陸上競技部全員の願いとなっていた。
そして自然と、キャプテン青葉の心と体には、指導者としての資質《ししつ》が育まれていた。

さらに、「大学へ行って教員になりたい」という思いも、
無意識のうちに芽生《めば》え始めていた。

こんなエピソードがある。
秩父農工の三年生は、一学期に修学旅行で京都・大阪へ行くのだが、
青葉はそれを欠席したのだ。
青葉は、キャプテンになって間もないころから、
「大阪へは自力《じりき》で行く！」と決めていた。
つまり、大宮工業を倒して埼玉県予選会で優勝し、大阪へ出陣したかったのである。
修学旅行で大阪に行ってしまうと、その闘争心が萎《な》えてしまうような気がしたのだ。
修学旅行の直前、担任の先生に、
「先生、どうも体調が思わしくなくて…」と、言い訳したが、
担任の先生は、
「体調が悪い？　そんな風には、ちっとも見えねえがなあ…。まあ、仕方ねえか」
と、青葉の修学旅行欠席を認めてくれた。

青葉の修学旅行欠席には、もうひとつの狙いがあった。

「テレビ」が買いたかったのである。

青葉が二年生になったばかりの一九五九年（昭和三十四年）四月一〇日は、皇太子（平成天皇、現上皇《じょうこう》）のご成婚《せいこん》で、世間はテレビブームだった。やっと「頑張れば買える」という値段まで下がってきた白黒テレビで、馬車によるロイヤルパレードを見ようという人たちが起こしたブームだった。

青葉は、テレビが欲しくてたまらなかった。

テレビがあればスポーツ番組が見られるし、家族も喜ぶと思ったからだ。

「母さん、今月の修学旅行の積立金をお願い」と、言いながら、学校に預けたお金をテレビのために利用しようと考えていた。

けれども、修学旅行の積立金だけでは、まだテレビを買うにはまったく足りない。

そこで青葉は、一家の大黒柱《だいこくばしら》であり金庫番《きんこばん》である祖母にねだることにした。

「ギンばあちゃん、じつは……」

青葉は、祖母にだけには、修学旅行を欠席する理由を打ち明けた。

期待通り、昌幸《よしゆき》思いの祖母は、へそくりからテレビ資金を出してくれた。

欠席した修学旅行が終わったあと、青葉は念願のテレビを買うことができた。

両親は、「まったく、ギンばあちゃんは、昌幸に甘いんだから」と、渋い顔をしながらも、青葉家にやってきたテレビについては満更《まんざら》でもない様子だった。

喜んだのは家族だけではなく、近所の人たちも拍手喝采《はくしゅかっさい》だった。

近所の人たちが、何かにつけてテレビを見るために青葉家を訪れるようになった。

話は修学旅行前に戻るが、
青葉の修学旅行欠席には、さらにもう一つの理由があった。
それは、ハツエとの再会をもくろむものだった。
最初の修学旅行欠席の理由は、
「大阪へは自力で行く！」という固い「信念」と、
「テレビ」が欲しいという目的が、第一・第二番目のはずだった。
それが次第に、「信念」や「テレビ」よりも、
何としても「ハツエ」との再会が最優先になっていったのである。

青葉の秩父農工入学と同時に、ハツエは大田中学校に就職した。

まだ十五才の少女だったが、何にでも一生懸命だった。

引《ひ》き継《つ》ぎもないままに始まった仕事を、一日でも早く身につけようと必死に頑張った。

雑用もこなしたし、宿直《しゅくちょく》の先生の食事も用意した。女子バレー部の練習も手伝った。

そんなハツエの一途《いちず》な姿を見つめていた教職員たちが、
校長先生のところに、

「ハツエちゃんを、高校に行かせてあげてください。

ハっちゃんは、まだ若い。もっともっと、勉強するチャンスをつくってあげたいんです」

と、お願いにやってきたのだ。

当時、秩父農工高校の皆野分校《みなのぶんこう》には夜間の定時制課程《ていじせいかてい》があり、
そこへ行かせてあげたいというのである。

ハツエが就職して二年目の冬の出来事であった。


校長室に呼ばれたハツエは、思わず小躍《こおど》りしたい思いだったが、

「こんな半人前のわたしが、先生方にご迷惑をかけられません。お気持ちだけで、胸がいっぱいです」

と、本心を押しとどめて辞退を申し出た。

予想通りの回答に、校長先生が用意しておいた言葉を返した。

「そうか、残念だなあ…。

教職員全員が君を応援したいそうだが、受け取ってもらえないか。残念だなあ…。みんな、がっかりするだろうなあ。残念だなあ…」

「…あのう…。…本当に、いいんでしょうか…」

と、かぼそい声で、ためらいながら尋ねるハツエに、

「行ってきなさい」

と、校長先生が、はっきりとやさしく告げた。

「あ…、ありがとう…、ありがとうございます！」

目を真っ赤にしたハツエは、深々《ふかぶか》と頭を下げたまましばらく動けなかった。

ただ、肩だけがひくひくと小さく揺《ゆ》れ動《うご》いていた。

「ハっちゃん、よかったね。がんばりな！」

校長室の外で様子をうかがっていた先生たちが、ハツエを取《と》り囲《かこ》んで励ました。


就職三年目の四月から、山崎ハツエの五〇ccバイクでの通学が始まった。

秩父農工・皆野分校へ行くためには、必ず青葉の家の前を通る。

ハツエの姿を見かけた青葉の母親が事情を聞くと、自分の娘の事のように喜んだ。

「よかったねえ。本当によかったねえ」

その晩の青葉家の話題は、ハツエのことでもちきりだった。

そこには当然、昌幸もいた。


その夜から、青葉の思案が始まった。

どうやったら、偶然のごとくハツエと再会できるかだ。

しかし、ハツエの登校時刻に合わせるためにはクラブを休むしかない。

だが、キャプテンの青葉に、それは許されなかった。

青葉は、ハツエへの想いを封印《ふういん》して、『全国』めざして練習に打ち込んでいた。

そうした時に、「そうだ！」と、ひらめいたのが、修学旅行欠席の期間というわけである。

青葉は、その日に焦点を定めて作戦を立てた。
　やがて、修学旅行で同級生たちが出かける日がやってきた。
授業時間中の青葉は、一人、図書室で自習だ。
そして放課後になると、予定通り「体調が悪いから」を理由に、
下級生に練習プランを渡して、
ハツエが登校するルートの反対側からゆっくりと下校した。
すると、もくろみ通りにバイクにヘルメット姿のハツエがやってきた。

「あらっ。もしかして青葉君？」

この一言に、青葉はガクッときた。

——おれって、たったの二年で忘れられちゃうのか……。

　おれの初恋は、一方通行の片思いだったのか……。

青葉の、その表情をさとったハツエは、

「ごめんなさい。九年間も一緒だったよしゆきちゃんのこと、忘れたことなんてないよ。

でも、えらい背が高くなっちゃったんで、もし間違えたら失礼かと思って」

実はハツエも、皆野分校への通学以来、青葉と出会える日を期待していたのだ。

「そ、そうです山崎さん。ぼくは、大田小学校、中学校の同級生だった青葉と申します」

なぜか、生真面目《きまじめ》に敬語を使ってしまった。不器用な男だ。

「もうわかったから大丈夫だよ。

今は、秩父農工陸上競技部のエースでキャプテンの、よしゆきちゃんでしょ」

「そんなことまで知ってんのか？」

青葉の声が急にうわずった。

「だって、私は分校だけど、秩父農工の後輩だよ。

今年は全国大会有望だそうだね、青葉先輩。あらっ。でも今、修学旅行じゃないん？」

「んっ」

青葉は、一瞬言葉に詰《つ》まってから、

「残念だけど、全国大会めざして練習休めないんだよ。その代わり早く帰れるんだ」

と、とっさに取《と》り繕《つくろ》ってごまかした。

「そうしたら、ちょうど練習中の時間じゃないん？」

「んっ」

青葉は、再び言葉に詰まった。まさか（体調が悪いから）と、嘘はつけない。

「まあ、いいか。だったら、よしゆきちゃん。明日も、学校行くとき会えるかな」

「そ、そうだな。きっと、会えるよ。きっと」

待ちぶせしているのだから、絶対に会えるに決まっている。

「だけど山崎、働きながら学校じゃ大変だんべ」

「そりゃあ大変だけど…。でも私も、よしゆきちゃんと同じ高校生だい。

夢のようで、嬉しくてしょうがねん。

……私ね、就職ができなくなって、大田中で働くなんて、最初は恥ずかしかったん…。

でも、ここで思い切り頑張ろうって思ったん。

だって、大田中の先生たちが応援してくれたんだよ。

私が、夜間《やかん》高校へ通えるようになったんも、先生たちのおかげなん」

「そうか…。先生は、ヤマハツのこと、ちゃんと見ていてくれたんだなあ。

ヤマハツは、ちっとも変わんねえなあ。一生懸命のまんまだ」

青葉の瞳に映るハツエの笑顔は、まぶしいほどに輝いていた。

「あっ、授業が始まっちゃう。
じゃあ、よしゆきちゃん。また明日ね。練習、頑張ってね」
青葉は、ハツエの後ろ姿が見えなくなるまで目で追い続けた。
「よーし、おれも一生懸命頑張るぞ！」と、青葉は、気合を込めて元気に走り始めた。

青葉は、この数分間のために計画を練りに練った。
お世辞にも周到《しゅうとう》に行き届いた計画とは言えなかったが、その甲斐《かい》あって、
修学旅行中は毎日ハツエと会うことができた。
青葉の緊張も次第《しだい》にほぐれ、会話も自然体になっていった。
青葉昌幸と山崎ハツエ。
ともに人生を歩むことになる幼なじみ二人の、先ず、友達としての交際が始まった。

〖エンディング・ソング「空も飛べるはず」（スピッツ）〗

第四区　全国高校駅伝・埼玉県予選会

幼なじみのハツエとの交際を始めた青葉は、充実した高校生活を謳歌《おうか》していた。しかし、決して恋ばかりに浮かれることなく、その眼差《まなざ》しは、しっかりと大阪の全国高校駅伝大会を見すえていた。

はなしは一旦《いったん》、青葉から離れるが、

秩父農工陸上競技部が全国大会初出場を目指《めざ》した一九六〇年（昭和三十五年）は、イタリアで、第十七回ローマオリンピックが開かれた年である。

ローマオリンピックといえば、

エチオピアの裸足《はだし》の王者アベベ・ビキラのマラソン優勝が大会一番の話題であった。

このローマオリンピックにおいて、

次の東京オリンピックのための調査視察団役員《ちょうさしさつだん》であったのが、池田勇人《いけだはやと》内閣で建設政務次官を務めた、第一回箱根駅伝ランナーの山口六郎次である。ローマへ飛び立つ特別機のタラップから手を振る六三歳の山口の姿は、現役ランナーを彷彿《ほうふつ》させる若々しさに満《み》ち溢《あふ》れていた。

かつて、金栗四三らとともに、「世界で闘える日本の陸上競技選手を育て上げる」を、夢見た山口は、ローマ大会ではマラソン競技に最も注目していた。

しかし、日本人選手は、広島庫夫《ひろしまくらお》選手の三十一位が最高だった。広島の記録は二時間二九分四〇秒だった。

広島庫夫は、一九二八年（昭和三年）十二月五日、宮崎県で生まれた。太平洋戦争末期の一九四五年（昭和二〇年）、広島はフィリピンのマニラで終戦を迎え、帰国すると、一九四九年（昭和二十四年）旭化成陸上部に入部した。

広島は、一九五三年（昭和二十八年）の日本選手権マラソンで優勝し、一九五七年（昭和三十二年）の朝日国際マラソン（現・福岡国際マラソン）では、二時間二一分四〇秒の日本最高記録で優勝した。

この記録は、一九五六年（昭和三十一年）のオーストラリア・メルボリンオリンピックのマラソン優勝タイム二時間二五分を三分以上も上まわるものだった。

日本人の誰もが、ローマオリンピックでの広島のメダル獲得を期待した。

しかし、「地下足袋《じかたび》ランナー」あるいは「重戦車《じゅうせんしゃ》」として人気のあった広島庫夫も、オリンピックでは結果を残せなかった。


だが、広島が残した実績は、次世代の若者たちを奮《ふる》い立たせ、円谷幸吉《つぶらや》、君原健二といったランナーたちへと受け継がれていく。

広島は、戦争で途絶《とだ》えた日本の男子マラソンが再び世界と闘えるまでに、その架《か》け橋《はし》の役割をしっかりと果たしたのである。


そして四年後には、いよいよ東京オリンピックが開催される。

山口は、「何としてもマラソン競技でメダル獲得を」の願いを胸に、帰国の途《と》についた。

ところが、ローマから二年後、

東京オリンピックを待たずして、山口を突然の不幸が襲《おそ》った。
一九六二年（昭和三十七年）の十一月、
山口は肝臓ガンのため帰らぬ人となってしまったのである。六五歳だった。
山口の葬儀は、東松山市立松山第一小学校の校庭で、市民葬としてしめやかに営まれ、
三千人を超える参列者が山口との別れを惜《お》しんだ。

山口の不幸から三年後の一九六五年（昭和四〇年）、
山口を偲《しの》ぶ人たちは、東松山市内にある箭弓稲荷神社の境内に山口の胸像を建てた。
胸像の隣には、
『われらは人生の駅伝選手である』
という、山口の言葉が刻まれたプレートが並べられた。

はなしは再び、青葉昌幸・高校三年生の時代にもどる。
青葉キャプテン率いる秩父農工陸上部の準備は万端《ばんたん》、あとは存分《ぞんぶん》に走って大宮工業に
勝つだけだ。

しかし、キャプテン、そしてエースの青葉には、思わぬ逆風が吹きつけていた。
『成長痛《せいちょうつう》』である。
青葉の身長は、中学三年生の時一六三センチだった。
その体が、高校に入るといきなり成長を始め、三年間で十二センチも身長が伸びた。
おかげで身体《からだ》のバランスが崩《くず》れてしまい、
いつも体のどこかがギシギシと叫ぶようだった。突発的《とっぱつてき》に腹痛が襲ってきたりもした。
あんなに楽しかった走ることを、つらいと思うようになっていた。
だが青葉は、自分の力を信じていた。
「必ずトップでタスキをわたす」と、気力で痛みを封じ込めていた。
しかし、その成長痛のピークが、レース当日の本番にやってきてしまった。

一九六〇年（昭和三十五年）十一月。全国高校駅伝・埼玉県予選会。
七人の仲間たちで、全長四二・一九五キロのタスキをつなぐ闘いが始まった。
高校三年生の青葉にとっての最後のチャンスだ。

青葉は、花の一区のエースとして、周囲の期待を一身《いっしん》に背負ってスタートした。

——必ず一位で駆け抜ける。おれが、このチームを引っ張ってきたんだ。

と、感情を昂《たかぶ》らせて。

ところが、勢いよく一番で飛びだした青葉だったが、体が言うことを聞いてくれない。まるで自分のものではないようなのだ。腕が振れない。足が上がらない。

——おかしい？　どうした？　ちきしょう。また、抜かれた。

目の前のランナーが、どうして、あんなに遠くに見えるんだ。

焦れば焦るほど、気負《きお》いだけが空回《からまわ》りしてしまう。

いや、言う事を聞かない体に、闘う意欲すらしぼんでしまう。

——大阪が、大阪が、消えていってしまう…。みんな、ごめん。ダメだ。

もう、全国大会は無理だ………。

結局、大宮工業に先行されたばかりか、他の有力校にも後《おく》れを取ってしまい、青葉は四位でタスキを渡すことになった。

屈辱《くつじょく》の結果。キャプテンの面目《めんもく》まるつぶれである。

監督の堀口先生も、頼みのエースの不調に、がっくりと肩を落としてしまった。

二区の距離は三キロ。秩父農工のランナーは、大宮工業と同タイム。順位も差もまったく縮《ちぢ》まらない。

それでも二区のランナーは、これ以上の差はつけないぞと力走したのだ。

三区は約八キロ。距離的には一区に次いで二番目に長い。

もしここで、さらに差が広がるようなことになれば致命傷《ちめいしょう》である。

三区のランナーは、前を走る三校を、「絶対に視界から外《はず》さないぞ！」という執念《しゅうねん》で、懸命に喰らいついていった。その奮闘《ふんとう》の結果、少しだが差を縮めることができた。

しかし、トップ大宮工業、そこから後れて二位、三位の有力二校、さらに遅れて秩父農工というレース状況に変化はなかった。

だれもが、大宮工業の八連覇を確信し始めていた。

ところが、大きなドラマが四区で待っていた。

四区も全長約八キロで、準エース区間と呼ばれる重要なコースだ。

ここで、二年生の赤岩《あかいわ》という下級生が大逆転劇を演じた。

大宮工業を含む有力三校の準エースたちに追いつき追い抜いて、一気にトップに躍り出たのだ。

「秩父農工一番！」「秩父農工一番！」

青葉たちが待機《たいき》していたゴール地点の浦和高校に、その信じられないアナウンスが鳴り響いた。


――秩父農工が一番だって？　まさか？

青葉は、自分の耳を疑った。

何かの間違いか、夢ではないのか、と思ったからである。

自身のブレーキで、すっかり大阪をあきらめていた青葉の心には、奇跡の大逆転という情報が、簡単には飲み込めなかった。

――タスキは…、つながっていたんだ……。青葉は、小さくつぶやいた。


一方、しゅんとしていた堀口先生は、がぜん元気になった。

赤岩は、上位三校を抜いて、トップのまま五区にタスキを渡した。

残るは三区間。五区は三キロ、六区と七区は五キロずつで、合計十三キロである。

秩父農工の部員たちの脳裏に、

――もしかしたら勝てるかもしれない…。という期待が一瞬かすめた。

しかし、楽観《らっかん》などできるはずがない。

一区で、確実にトップを取る予定だった青葉だって、予想以上の苦戦をしたのだ。

残る三区間で、何が起こるかわからない。

足がつるかもしれない。転倒するかもしれない。追いつかれて逆転されるかもしれない。

マイナスのイメージばかりが浮かんでしまう。

残りの時間が、ひどく長くのろのろと過ぎていった。

ふだんは、神も仏も拝《おが》んだことのない部員たちが、口々に、

「大阪、大阪、秩父神社様、三峯《みつみね》神社様、お願いします。お願いします。お願いします」

と、一心《いっしん》に祈り始めた。

奥秩父山中にある『三峯神社』は、〝神に最も近い神社〟として、
大自然の〝気〟が充満《じゅうまん》する『関東最強のパワースポット』と、呼ばれる神社だ。

秩父農工の部員たちは、苦しいときの神頼《かみだの》みと笑われてもいい、
とにかく今は祈ることしかできない、
それ以外は考えつかないという必死の思いだった。

そんなひたむきな神頼みが本当に天に届いたのか、
五区、六区、七区のランナーたちは、四区・赤岩がつくった流れに乗って、
トップを守り続けた。
仲間たちも、青葉に負けないくらい、
「打倒！　大宮工業。大阪、大阪、全国大会、全国大会」
と、念じながら、決して諦《あきら》めることなく走り続けていたのだ。

そして秩父農工陸上部は、ゴールまでトップをゆずることなく、
ついに、悲願の初優勝をなしとげた。
部員たちの見交《みかわ》わす顔は、どれも笑顔、笑顔、笑顔だった。

いや、感極《かんきわ》まって涙する者もいた。
応援に駆け付けていた陸上競技部OBたちは、
歓喜の「万歳三唱」を、何度も何度もくりかえした。
秩父の関係者とわかれば、誰彼《だれかれ》かまわずに、ぎゅうっと握手し抱きしめ合うのだった。

翌日の新聞には、「秩父農工、大逆転の初優勝」の大きな活字が踊った。
しかし、青葉は新聞記事に目を通すことができなかった。
自分では、どうすることもできない激情で心が乱れていたからだ。
それは、十八歳にして初めて経験する烈《はげ》しい自己嫌悪《じこけんお》だった。
「おれは、一区でブレーキを起こしたとき、大阪はもうダメだとあきらめた。
おれは、自分の力で全国大会に出場することしか考えていなかった。
『おれが、おれが、おれが……』
それはつまり、仲間をまったく信じていなかったということじゃないか」
思いもよらなかった大逆転のおかげで、気づいてしまった自分の驕《おご》り、高《たか》ぶり。
それは、傲慢《ごうまん》のひとことだった。

自分でも気づかないうちに、少しずつ、少しずつ、天狗《てんぐ》になっていたのだろう。
それに気づいてしまった青葉は、情けなくて、悔しくて、泣き出したい気持ちだった。
「もしもあのとき、おれが本当に仲間を信じていたなら、
一秒でも二秒でもタイムを縮めてタスキを渡そうと、歯を食いしばっていたはずだ。
でもおれは、…それを、…それをしなかった」
胸の内で、「しなかった」と、つぶやいたとたん、青葉の両目から涙があふれ出した。
心の中で荒れ狂っていた気持ちが、ついに出口を見つけたかのようだった。
「いったい何様のつもりだ。誰のためのタスキだ！　誰のための秩父農工陸上部だ！」
青葉は、止まらぬ涙をぬぐおうとはしなかった。

しかし、涙を流れるままにしているうちに、
情けなくて悔しい気持ちが、いつしか感謝の思いに変わっていった。
おれのタスキを待っている「仲間」がいる。
手にしたタスキをつないでくれる「仲間」がいる。
支え合う「チームメイト」が、いつでもそばにいる。
「仲間」を信じることの喜び。信じた「仲間」とともに支え合う喜び。

支え合った「仲間」たちとの勝利の喜び。
それは、独《ひと》りよがりだった青葉に、はるかに大きな尊い感動を与えてくれた。
「みんな、すまなかった。そして…、そして、本当にありがとう。ありがとう」

もしも、このときの「気づき」がなかったなら、
後の名監督・青葉昌幸は誕生しなかったかもしれない。

大阪で行われた全国大会に初出場した秩父農工陸上部は、
残念ながら、好成績を残すことはできなかった。
レースの、どのシーンも思い出せないほど浮き足立ってしまい、
気がつけばレースは終わっていた。
秩父農工の順位は、出場四十六都道府県中、ちょうど真ん中の二十三位だった。
第一区を走った青葉自身の順位は、区間二十八位という成績だった。
秩父農工のエースといえども、全国のトップレベルにはまだまだ程遠《ほどとお》かった。

こうして、青葉の高校での陸上競技生活は終わった。

後輩・赤岩の大健闘があったとはいえ、秩父農工のキャプテンとして、

「打倒大宮工業、全国高校駅伝大会初出場」という目標を達成することができた。

あとは親との約束を守り、就職して家を継ぐだけだ。

ただ、いくつかの大学が勧誘に来た。

そのことで気持ちが揺れ動かないと言ったら嘘になる。いや、大嘘になる。

青葉は、「将来、教員になりたい」という思いを、はっきりと自覚していた。

そのためには、大学に行かなければならない。

しかし青葉は、「親と約束したから」と、大学からの誘いをすべて断《ことわ》った。

そして、実業団ランナーとして青葉を熱心に勧誘してくれた秩父鉄道に入社することを選択した。

秩父鉄道は、全国大会初出場の地元校である秩父農工陸上競技部主将・青葉昌幸を中心に陸上部を強化し、会社の知名度を上げようと計画していたのである。

十八歳の青葉は、秩父鉄道で実業団の選手として活動することになった。

《エンディング・ソング「TOMORROW」（岡本真夜）》

第五区　旅立ちの日に

一九六一年（昭和三十六年）、四月。

秩父農工高校を卒業した青葉は、秩父鉄道に入社した。

秩父鉄道は、埼玉県北東部の羽生《はにゅう》と、秩父の三峰口《みつみねぐち》を結ぶ地方私鉄である。路線延長は七十一・七キロで、秩父に向かう観光客の足、埼玉県北部の公共交通機関としての役割を担《にな》っていた。

本社は熊谷市にあり、鉄道事業のほか、不動産事業、観光事業も行っていた。大正時代から続く、『長瀞《ながとろ》ライン下り』も秩父鉄道の直営《ちょくえい》事業である。

時代が下った一九八八年（昭和六十三年）からは、蒸気機関車が牽引する観光列車「パレオエクスプレス」が走り人気を博している。

青葉が配属されたのは石原駅《いしわら》。

熊谷から秩父方面に向かって二つ目の駅である。

新入社員の青葉は、ホームから線路のポイント、トイレに至るまで、ありとあらゆる場所の掃除《そうじ》を任《まか》された。

雷車が到着すると、遠くのお客様にも聞こえるように、

「いしわらー、いしわらー」と大声を張り上げた。


それでも、実業団のスポーツ選手として会社はきちんと配慮してくれた。

午後二時から四時までを、練習時間として空《あ》けてくれたのである。

石原駅のすぐ南には広大《こうだい》な荒川大麻生《おおあそう》公園が広がり、その先は荒川河川敷《かせんじき》である。

練習場所には事欠《ことか》かなかった。

毎日二時間、合同練習の日をのぞいて、青葉は一人でトレーニングに打ち込んだ。

そして四時になると駅に戻り、また雑用をこなす。

最後に泊まりの先輩たちのために風呂を焚《た》いたら、やっと帰宅である。

だが、この下積み経験は、後《のち》に大きく生きることになる。


さて、社会人ランナーの青葉は、ルーキーイヤーから頭角《とうかく》を現し、埼玉県内の長距離記録会では次々とタイムを塗り替えた。

大学へ行きたいという思いを封印して実業団に進んだ青葉には、

「大学生には負けたくない」

という強い競争心があった。その意地が、青葉の急成長を促《うな》がしたのだ。


そして夏が過ぎ、秋を迎え、まもなく冬になろうかというころ、各地で駅伝大会が開かれた。そのひとつに、飯能《はんのう》市で行われる『奥武蔵《おくむさし》駅伝』があった。

青葉は、毎年一月に開催されるこの駅伝で、秩父鉄道チームのアンカーを任された。

大学生には負けまいと力走した青葉だが、成績は区間二位だった。

区間賞を取ったのは早稲田大学のエースで、箱根駅伝のメンバーでもある船井照夫《ふないてるお》。

青葉とのタイム差は、わずか六秒だった。

「あの箱根駅伝のスター、早稲田の船井と六秒差」という事実は、青葉の闘争心に猛烈な火をつけた。

「おれの走りは、田舎《いなか》じゃちょっと速いぐらいだと思っていた。でも、これだけやれるのだったら、大学に入って箱根駅伝を走れる」

という思いが、ふつふつとたぎってきた。

もう、こうなると思いは止められない。
青葉は、悩みに悩み、悩みぬいた末、
ついに、「秩父鉄道を退職して大学生になろう」と、決心した。

希望校は、日本大学。その理由は、日本大学は箱根駅伝の強豪校であり、青葉が走りたいと思っていた『三〇〇〇メートル障害』という種目で、当時の日大は圧倒的に強かったからである。

「箱根駅伝と三〇〇〇メートル障害の両方に挑戦するなら、日本大学が一番」と、青葉は、そう考えていた。
さらに、大学生になれば、教員免許を取って「体育の先生」になれる道が開ける。
青葉はこっそりと、「赤本《あかほん》」と呼ばれている受験用の参考書を買い求めた。

ここで少し、『三〇〇〇メートル障害』について説明しておこう。
近年、順天堂大学OBの塩尻和也《しおじりかずや》選手や、同・大学の三浦龍司《みうらりゅうじ》選手の活躍で注目を集める
この競技は、『３０００ｍＳＣ』と表記される陸上競技の障害走で、
男子は一九〇〇年のパリオリンピックから、
女子は約一世紀後、二〇〇八年の北京オリンピックから正式種目になっている。
表記の『ＳＣ』は、スティープル・チェイスの略。スティープルは教会の尖塔のことで、
チェイスは競走だから、『教会競走』といった意味である。
これはその昔、ヨーロッパに村々の教会を巡《めぐ》る競走があり、
それを陸上競技場のトラック（走路）で再現しようとしたことから名付けられたものだ。
ある村の教会がスタート地点で、隣の村の教会がゴール。
近い村なら三キロ（つまり、三〇〇〇メートル）くらいの距離だったのであろう。

だが、そのルートは平坦《へいたん》ではない。
小川を渡り、柵《さく》を跳び越え、丘を上り下りしたはずだ。
だから三〇〇〇メートル障害は、
トラックにそのルートを再現しようとして障害物を設置してある。
いわば、競技場のトラックで行う、野山を駆けるクロスカントリーレースである。

秩父の山河を走り回り、飛び跳ねながら育った青葉は、
トラックのクロスカントリー、しかもオリンピック競技である三〇〇〇メートル障害を
やってみたくて仕方がなかった。

だが、当時は高校生にこの種目は解禁《かいきん》されていなかった。
というのは、あまりに過酷《かこく》なレースだったからだ。
四〇〇メートルハードルなどとは違い、三〇〇〇メートル障害に使われる障害物は、
倒すことができるハードルではなく、ぶつかれば人間が倒れる障害物である。
そのほかに深さ七十センチ、長さ四メートル近い水壕《すいごう》がある。
全速力で走りながらこれらを通過すると、猛烈に体力を消耗《しょうもう》する。

だから、女子は二〇〇八年の北京オリンピックまで種目にならなかった。

同じ理由で、青葉の時代は高校生に許されていなかったのである。


秩父鉄道を退職し、日本大学進学を決意した青葉は、まず家族の説得から考えた。

祖母のギンばあちゃんは、きっと許してくれるだろう。

けれども、祖父と両親は絶対に反対する。「約束が違う」と。

青葉は、第一関門である家族に集まってもらい、その前で必死に言葉を選び話し始めた。

反応は、予想した通りだった。
先ず、父が言った。「何バカなこといってんだ！　大学受験だなんて話が違《ちげ》えぞ！」
次に、母が言った。「せっかく良い会社に入れたんに、とんでもないこったあ！」
しかし、両親が息を呑《の》むほど、かんかんに怒って青葉を叱責《しっせき》したのは、
いつもは青葉の味方のギンばあちゃんだった。
「お前が、そんなにやりてぇんなら、やりゃあいい。学費は出してやらぁ。
ただし、世間様にご迷惑かけるこたぁ絶対に許さねえ。

好きな陸上を続けさせてくれる秩父鉄道さんが、うんと言ってくれねぇんなら、この話はあきらめろ」

家族の驚く顔を尻目に、ギンばあちゃんはそう言い放った。

こんなに恐《こわ》いギンばあちゃんを見るのは初めてだった。

そしてもう一人、青葉の前に立ちはだかる人物が現れた。
青葉家の、ご意見番の伯父である。
青葉家の一大事とばかり、大急ぎで駆けつけてきたのである。
「昌幸！　秩父鉄道さんを辞《や》めて大学へ行きたいだと？
そんならわしも、ばあちゃんと同じだ。
どうしても大学へ行きてえんなら、
まず第一に会社の承諾《しょうだく》をいただかなきゃいけん。それが、世の中の筋《すじ》ってもんだ」
今の若者たちが聞いたら、信じられないような封建的《ほうけんてき》な話だろう。
第一関門、通過失敗。青葉は、ただうなだれるだけだった。

第二関門は、職場であった。

秩父鉄道では、入ったばかりの鳴《な》り物入《ものい》りの新人が、一年もたたずに辞めるというのは、まさに寝耳《ねみみ》に水《みず》の、仰天《ぎょうてん》するような話である。

知らせを受けた熊谷の本社からの返事は、

「辞表は受け取れない。駅長が預かっておけ！」というものであった。

当然の措置《そち》であった。


その本社に呼び出された青葉は、何時間も説得された。

いや、説得《せっとく》半分、お説教《せっきょう》半分である。

青葉は、「大変なことになった」と、青ざめるばかりだった。

けれども、自分の意志を曲げることはできなかった。

安直《あんちょく》なあこがれではなく、思い悩んだ末の決心である。

根は素直な青葉だが、この時ばかりは何時間叱られようと気持ちは覆《くつがえ》らなかった。

青葉は、ただひたすら、「すみません、すみません」を繰り返した。

しかし、会社も辞表を受理してくれない。第二関門のハードルも高かった。

まさに四面楚歌《しめんそか》の状況かに見えたが、

たった一人、青葉の背中を押してくれる女性がいた……。

「私は、よしゆきちゃんは、大学へ行った方がいいと思うよ」

青葉は、ハツエにも進学の相談をもちかけていた。

「そうか、山崎は、おれを応援してくれるんかい」

「う～ん…、応援するとか味方になるとかじゃないん。

私だって、おばあちゃんや伯父さんの言うことは、もっともだと思うもの」

「何だか、よくわかんないなあ。

じゃあ、どうして行った方がいいだなんて言うんだ？」

「う～ん、私の経験なんか参考にならないと思うけど…。

私、中学を卒業したら大宮の工場に就職する予定だったん」

「うん、知ってる。すいぶん、つらい思いしたんだって…」

「あん時は、就職が流れちゃったんもショックだったんよ。

だけど、本当につらかったんは、もう少し前のことなん。

両親から、進学をあきらめて働いてくれって言われたとき」

「……そんなことがあったんかあ」

「うん…。そん時も泣きじゃくったけど、私は自分の気持ちを整理することができたん。

だからもし、あのまま大宮に行っても後悔《こうかい》してなかったと思うん。

でも、よしゆきちゃんにはできないと思うよ」

「それって、おれが我がままってことかい」

青葉は、少しムスッとして口を尖《とが》らせた。

「そうじゃないよう。よしゆきちゃんは、無理に自分を抑《おさ》えすぎてるって思うん。

秩父農工を卒業するときだって、本当は学校の先生になりたかったんに、

『親との約束だから』って、大学の誘いも断ってさ。

私あん時、よしゆきちゃんは偉《えら》いなあって思うんより、
無理して大丈夫かさあって心配だったん。

よしゆきちゃんは、がまん強いから、たいていのことは辛抱《しんぼう》できると思う。

でも、今度のことはあきらめきれないと思うよ。

あきらめちゃ、いけないいんだよ！」

青葉は、否定できなかった。

「山崎……」

バイクを押しながら一緒に歩くハツエに、青葉はじっと視線を向けた。

――ハツエとは、たまにしか会えないのに、おれのことしっかり見てくれてるんだなあ。

「山崎、ありがとう。よくわかったよ。

もう一度、あきらめないで、家族と会社に話してみるよ」

青葉が本社に呼び出された数日後、
突然、「駅長室に来るように」と、言われた。

石原駅の駅長室には、駅長さんと秩父鉄道・陸上競技部監督が向かい合って座っていた。

間《あいだ》にあるのは、だるまストーブ。ストーブの上の薬缶《やかん》からは湯気が沸《わ》いていた。

駅長室には、重苦《おもくる》しい雰囲気《ふんいき》が立ち込めていた。

一瞬の沈黙の後で、監督が切り出した。

「青葉。秩父鉄道のために大学へ行け！」

「えっ…？」

予期せぬ監督の言葉を、青葉は、容易には理解できなかった。

——大学に行けと？　これはどういう意味だ？

監督は続けた。
「いいか、青葉。お前は大学に行ってしっかり活躍しろ。
そのとき、おれたちは、
『あの青葉昌幸は、秩父鉄道陸上部のＯＢです。
秩父鉄道で駅員として働きながら、秩鉄陸上部で才能に花を咲かせた男です』って、
そう、宣伝できるくらいにだ。
これは、お前の辞表を会社に受理《じゅり》してもらうために、駅長さんと考えた苦肉《くにく》の策だ」
「…は、……はい」
予想もしなかった提案に、青葉の頭はついていけなかった。
口をぽかんと開けたまま、監督の言葉に耳を傾けるだけだった。

「おれは陸上部監督として、お前に『三つの宿題』を出す。

それを必ず実現しろ。必ずだぞ。それが、おれと駅長さんが会社を説得する条件だ。

○ひとつ、〈箱根駅伝〉に出場して優勝すること。
○ふたつ、三〇〇〇メートル障害で〈日本新記録〉を出すこと。
○みっつ、〈東京オリンピック〉の日本代表になって、世界を相手に闘うこと。

いいな、わかったな。

これがお前への、はなむけの『三つの宿題』だ。義理を欠いてまでやりたい陸上だ。

いっさいの甘えを断《た》って、このくらい実現して見返してみせてみろ」


「か、監督。いくらなんでも、そんな大それた宿題はとても無理です。荷が重すぎます。

日本新記録だの、オリンピックだの……」

と、困惑《こんわく》する青葉に、監督は、ついに声を荒げてまくし立てた。

「この、大馬鹿野郎！

これくらいの大風呂敷《おおぶろしき》を広げなくちゃ、お前の辞表は受理されないんだよ。
『青葉は、日の丸を背負える逸材《いつざい》です。
青葉が大学で活躍すれば、今以上に秩父鉄道のＰＲになります』って
方向でいくしかないんだよ」
「しかし……」
「青葉。おれは、何もハッタリで言ってるんじゃないぞ。
これは、おれの本心でもあるんだ。
よく聞け、青葉。お前には、まだまだ伸びしろがある。
おれはこの一年間で、お前がこんなに記録を伸ばすとは思いもしなかった。
正直びっくりしている。
それがなんだぁ。
『三つの宿題』は、ぜ〜んぶ無理だと。
がっかりするようなこと言うなよ、青葉。
お前の覚悟ってやつは、そんなもんだったんか！
いいか、青葉。仕事の合間《あいま》に練習するんじゃなくて、大学で思う存分に鍛えてこい。

そして、闘ってくるんだ。それが、お前の義務だ。秩父鉄道陸上部の仲間たちへの恩返しだ！」

「青葉くん」

それまで黙っていた駅長さんが、静かに目を開いて、穏《おだ》やかに話し始めた。

「私も監督さんも、君を手放《てばな》したくないんだ。私は、秩父鉄道の社員として、秩鉄の仕事に誇りを持っているよ。でも、監督さんが言うんだよ。青葉は、世界で活躍できる才能の持ち主だってね。秩父鉄道の駅で掃除をしていたんじゃ、なかなか世界には行けないよな。だから、ぼくも君の活躍を信じてるよ。大学でも一生懸命頑張るんだよ」

そこからは、沈黙が続いた。とてつもなく重く、長く感じる沈黙。

だが、監督も駅長さんも、もう何も言葉を発しない。言うべきことはすべて言った。それに、二人はなによりも、青葉の胸の内を理解していた。

ようやく、青葉が口を開いた。

しかし、なかなか言葉が出てこない。やっと絞り出すような声で、ただひと言、

「……わかりました」と、答えた。

その瞬間、青葉の両肩を押しつぶすような、ずしりと重い責任がのしかかった。


日本新記録、オリンピック……。『日の丸』を背負うということ。

それは当時、命懸けのことだった。

事実、一九六四年（昭和三十九年）の東京オリンピックでマラソン銅メダルに輝いた円谷《つぶらや》幸吉《こうきち》選手は、その約三年後、

「……父上様、母上様、幸吉は、もうすっかり疲れ切ってしまって走れません。

何とぞ、お許しください」

という遺書《いしょ》を残して、競技生活と人生の両方にピリオドを打っている。


「……わかりました」

という返事は、大げさではなく、命懸けのひと言だった。

青葉にとっての「一生懸命」とは、そういう意味なのだ。

ちなみに、東京オリンピックのマラソン優勝者は、エチオピアのアベベ・ビキラ。ローマ大会に続いての二連覇である。

二位は、円谷と国立競技場でデッドヒートを演じた、イギリスのベイジル・ヒートリー。その時点での、マラソン世界最高記録保持者であった。

東京の国立競技場に、最初に二位で姿を見せたのは、日本の円谷だった。

そして、間《ま》をおくことなく、イギリスのヒートリーが現れた。

「男は、後《うし》ろを振り向いてはいけない」と、父から戒《いま》めを受けてそだった円谷は、後ろから追い上げるヒートリーに逆転をゆるしてしまう。

もし、円谷が後ろを振り返っていたら、このレースの結果は変わっていたかもしれない。

しかし円谷は、敗れはしたものの堂々たる第三位で、東京オリンピックで、初めて国立競技場のポールに日の丸を掲揚《けいよう》した。

東京から四年後、一九六八年（昭和四十三年）のメキシコオリンピックでは、八幡《やわた》製鐵（現在の日本製鉄）の君原健二《きみはらけんじ》選手が銀メダルに輝いた。

親友・円谷の自殺にショックを受けた君原は、円谷の葬儀に、

「メキシコ五輪で、日の丸を掲《かか》げることを誓う」との弔文《ちょうぶん》を送っていた。

あまり知られていない話だが、
君原は、読売新聞に掲載《けいさい》された「時代の証言者」という自叙伝《じじょでん》の中で、
「私だって何度か死のうと思ったことがあります。それほどすごい重圧です。人ごととは思えないのです。しかし、私はメキシコに向けて走り出していました」
と、語っている。

メキシコオリンピックでは、円谷と同じように三位の選手に迫《せま》られた君原だったが、競技場へ入る曲がり角で初めて後ろを振り返った。その差は八〇メートルほどだった。それを確認して逃げ切ることができた。

君原も、ふだんのレースでは決して後ろを見ない選手だったが、前述の自叙伝で、

「その時、円谷君のことが頭をよぎりました。〈中略〉円谷君が天国から声をかけて引っ張てくれたような感じがしましてね。

でなければ後ろを振り返りませんものね。抜かれていたかもしれません」と語った。
見えない円谷の『天国からの声』と……。

話はもどって、一九六二年（昭和三十七年）。
青葉が、秩父鉄道陸上部監督から突き付けられた『三つの宿題』に、
「……わかりました」と、声を絞り出したその日、
青葉は、仕事を終えて帰宅すると、家族の前でありのままを話した。
これまで家族の間に張り詰めていた緊張の糸が、ふわっと緩《ゆる》むのがわかった。
思い返すせば、「あんなに恐いギンばあちゃんを見たことがなかった」という祖母は、
「秩父鉄道さんがいいとおっしゃるんなら、もう何も言うこたぁねえ。
思い切りやれりゃいい」
と言い、柔《やわ》らかな表情で微笑《ほほえ》んでくれた。

こうして、二つの関門はクリアすることができた。
あとは、最後の関門、日本大学の入学試験である。

一応、スポーツ推薦にはしてもらえたものの、無試験で日大に入れるわけではない。与えられた期間は、わずか一カ月。勤務時間の合間を縫《ぬ》っての猛勉強である。

青葉は、「絶対に、『予選落ち』などするものか」

と、参考書を睨みつけ、眠い目をこすって一心不乱《いっしんふらん》に勉強を続けるのだった。

そして入試。無事合格。最終関門を通過。
青葉は、その喜びを家族や伯父に真っ先に報告した。
家族みんなが、青葉の合格を祝福し、その前途《ぜんと》を祈った。
しかし、家族全員が激励してくれる中にあっても、
伯父だけはご意見番としての立場を貫いた。
「おい、昌幸！　間違っても、浮かれちゃダメだぞ。
世間にはな、大学に行きたくても行けない子たちが、たくさんいるんだ。
集団就職《しゅうだんしゅうしょく》で、九州や北海道からやってくる中学生は、高校にも行けないんだ。
十五歳ぐれえで親元から離れて、故郷に仕送《しおく》りするんだぞ。
青葉家には、お前を大学に行かせるだけの金《かね》があった。

おれに言わせりゃ、お前なんか親のスネっかじりのボンボン野郎だ。
『お前は、幸せもんなんだ』
一生懸命やらにゃあ、お天道《てんとう》さんからバチがあたるぞ！
わかったな、昌幸」
秩父鉄道陸上部監督、駅長さん、そして伯父たちと、
青葉の青年時代には、若者たちを小言《こごと》で叱ってくれる地域の大人が大勢いた。
そうやって、若者たちを磨《みが》いてくれたのだ。
青葉は、伯父の言葉を噛《か》みしめながら素直にうなずいた。

もちろん青葉は、ハツエにも、
日本大学合格と、『三つの宿題』を背負った覚悟をあらためて伝えた。
ハツエも家族同様に、青葉の門出を祝福してくれた。
ただ、ハツエの表情は少し寂しそうだった。

いま、全国の小学校、中学校、高校の卒業式で歌われている

『旅立ちの日に』という歌が、秩父発祥の歌であることは、すでに述べた。

この『旅立ちの日に』ができる三十年前に秩父農工高校を卒業した青葉にとっては、この歌を知るよしもない。

しかし、秩父鉄道での一年間の社会人生活、実業団の選手体験を経て、ふたたび未来に飛び立つ青葉の、この瞬間をあらわすのに、この歌ほどふさわしいものはないだろう。

『勇気を翼にこめて希望の風に乗り
　この広い大空に夢を託して』

そして、いよいよ青葉が上京する日がやってきた。

秩父鉄道・秩父駅のホームには、青葉とハツエ、二人の姿があった。

青葉を見送るハツエは、努めて明るく振《ふ》る舞《ま》おうとしていた。

「体に気をつけて、がんばってね！」

「うん！」

「手紙、いっぱい書くかんね！」

「おれも！」

けれども、電車が動き出し、その影がだんだん小さくなると、

ハツエは、切なそうにポツリとつぶやいた。

「……秩父を出るはずだった私が残って、

秩父に根差《ねざ》すつもりだったよしゆきちゃん離れていくんだね。

人生って不思議だね」と。

ハツエは、我慢してこらえていた涙がとまらなかった。

《エンディング・ソング「旅立ちの日に」（トワ・エ・モワ）》

第六区　一人一人の、もう一つの箱根駅伝

一九六二年（昭和三十七年）四月。青葉は、晴れて日本大学の学生となった。日本大学文理学部体育学科の青葉昌幸は、住み慣れた故郷・秩父を離れ、陸上競技部員として東京都世田谷《せたがや》区桜上水《さくらじょうすい》にあった合宿所に引っ越した。

「青葉という新入生は、ほかのやつとは違うぞ。何にでも一生懸命だ。とにかく、挨拶がいい」

青葉の態度は、先輩たちを驚かせ感心させた。

秩父鉄道時代の「教育」が実《み》になっていたからである。

大きな声での接客経験が役に立った。

また、ほかの新入生が、おそるおそるブラシでやっているトイレ掃除を、

青葉は雑巾《ぞうきん》を両手に持って素手《すで》でやった。ブラシなど使っていては、時間ばかりかかって練習に間に合わないからだ。

雑巾でこすれば汚れはすぐ取れる。汚れた手は石鹸《せっけん》で洗えばいい。

たった一年とはいえ、社会人を経験していたこと。

実業団ランナーとして、それまでの競技生活で注目される成績を収めてきたこと。

その二つが、一年生の中で青葉を頭ひとつ抜け出た存在にしていた。

しかし、そんな青葉でも、入ってすぐに大会に出場できるほど、陸上競技の世界は甘くはない。ましてや、青葉が選んだのは王者・日本大学だ。

まさにこの時代は、日本大学陸上競技部の黄金時代であった。

日本大学は、毎年のように華々《はなばな》しい結果をたたきだしていた。

しかしながら、

一九六〇年代は、日本大学同様、中央大学陸上競技部にとっても黄金期だった。

大学生のスポーツ競技大会であるインターカレッジ・略してインカレの関東大学陸上

男子の部は中央大学が七連覇中だった。

さらに中央大学は、箱根駅伝でも四連覇を達成し、前人未到《ぜんじんみとう》の五連覇を目指していた。

当時の大学陸上界は、日中《にっちゅう》時代（中央大学側は中日《ちゅうにち》時代）といわれ、日大と中大が群を抜いて強かった。

種目を問わず、全国の有望選手たちが日本大学・中央大学に集中した。

箱根駅伝出場を夢見る高校生たちも両校を目指した。


青葉が入学した年の第四十一回関東インカレは、突然の雷雨《らいう》と土のグラウンドが条件不良となったため雨天延期となった。

そして、この年の関東インカレは、いろいろなスケジュールの調整が必要で、なんと九月に延期された。

これが、青葉に幸いした。夏の間に、しっかりと体を鍛えあげた青葉は、日大の学内選考会をパスして、三〇〇〇メートル障害の二人目の選手として抜擢《ばってき》されたのだ。

そして日大生・青葉のデビュー戦、仕切り直しの第四一回関東インカレの日を迎えた。

三〇〇〇メートル障害は最終日に行われることになっていたが、その前日まで、男子の部は、日大と中大がデッドヒートを演じていた。

なんと、ひとつの種目ごとに首位が入れ替わるという接戦になっていたのである。

そして優勝争いは、最終種目である三〇〇〇メートル障害の結果次第となった。

もし青葉が五位以内に入賞すれば、日大が優勝し、中大の八連覇を阻止《そし》できるのである。

一年生の青葉は、日本大学陸上部全部員の期待に応《こた》え、きっちりと五位でゴールした。

優勝した日本大学の水田《みずた》信道監督は、

「青葉。よくやったぞ。相撲で言えば、殊勲賞《しゅくんしょう》ものだ」と、大喜びした

この結果は、青葉を大いに奮《ふる》い立《た》たせ、
のちに、日本新記録やユニバーシアード出場という晴れ舞台へと導《みちび》いていく。
だが同時に、この好成績が、
約二〇キロを走る箱根駅伝から、青葉を遠ざけるという皮肉《ひにく》な結果をも招《まね》いた。
「青葉は、長距離ではなく中距離選手だ」
という印象が、水田監督の脳裏《のうり》に強く刻まれてしまったのだ。

青葉は、一年生の冬から三年連続で箱根駅伝選手一四人の中にエントリーされながら、本選に出場する一〇選手の中に入ることができなかったのである。

さて、一九六三年（昭和三十八年）、二年生になった青葉は、めきめきと成長し、関東インカレ・日本インカレでも三〇〇〇メートル障害において記録を伸ばした。同時に、一五〇〇メートルにも出場し上位の成績を収めた。

一九六四年（昭和三十九年）は、いよいよ東京でオリンピックが開催される年だ。青葉が三年生になった六月に、東京オリンピック出場者を選考する日本選手権が繰《く》り上《あ》げ開催された。得意の三〇〇〇メートル障害に焦点《しょうてん》を絞ってのぞんだ青葉は、みごとに八分四八秒六の日本新記録を樹立《じゅりつ》して優勝した。

二年前に、「無理です」

と、返答した『三つの宿題』の一つを立派に実現してみせたのだ。

「おまえの覚悟ってやつは、そんなもんだったんか！」と、声を荒げて叱ってくれた秩父鉄道・陸上部監督のおかげだと、青葉はしみじみ感じた。

ところが、その喜びも束《つか》の間《ま》、
青葉の日本新記録八分四八秒六は、オリンピック出場を満たす標準記録《ひょうじゅんきろく》に届《とど》かず、
東京オリンピック出場の夢はついえてしまった。
ＩＯＣ国際オリンピック委員会が設定した三〇〇〇メートル障害の標準記録は、
なんと八分四八秒四。
その差は、一秒にも満たない、わずかコンマ二秒だった。
『三つの宿題』の、もう一つ、
オリンピック出場という夢が、コンマ二秒という壁の前に、はかなく消えた。

「ちくしょう！　ちくしょう！　ちくしょう!!」
青葉は、両の手足を地につけたまま、悔《くや》しくて悔しくて大粒の涙を流した。

その翌日、青葉は、文通《ぶんつう》という手段で交際を続けていたハツエに手紙で思いを綴《つづ》った。
「たったコンマ二秒の差で敗れてしまうなんて、
おれは、本当に全力を出しきって闘ったんだろうか。まったく、情けないよ」

青葉からの手紙に目を通した秩父にいるハツエは、

「よしゆきちゃん、日本新記録まで出して頑張ったんになあ……。よし！」

と、すぐにペンを取って励ましの返事を書き始めた。

「青葉昌幸様。日本選手権、お疲れさまでした。……」

こうしたハツエからの手紙、ハツエの存在が、青葉にとっての何よりもの励みだった。

日本陸上・中距離界において頭角を現すにつれて、青葉の元へ若い女性からのファンレターが届くようになった。

だが、青葉の胸の内にある思いは、ただひとつだった。

それは、単なる幼なじみ、ただそれだけではないハツエへの恋心《こいごころ》である。

——おれには、この女性しかいない。将来、家庭を持つなら、この人とだ。

青葉は、そう考えていた。

東京オリンピックの翌年、
青葉は名門・日本大学陸上競技部・駅伝部のキャプテンとなった。

一九六五年（昭和四〇年）、この年は、ハンガリーの首都ブダペストで、別名『学生のオリンピック』といわれる「ユニバーシアード大会」が開かれる年だった。

青葉は、この大会の選考会で一五〇〇メートルに挑戦し、三分四九秒一のタイムで優勝して、日本代表の座をつかんだ。

ついに、『日の丸』を背負って世界へ飛び立つチャンスを得たのだ。

青葉のユニバーシアード挑戦への指導に専念してくれた日本大学・水田監督は、

「青葉。相撲で言えば、大金星《だいきんぼし》だ。しっかりと、その目で世界を見てこい！」

と、青葉を力づけた。


八月。ハンガリー・ブダペスト。

青葉は、ユニバーシアード陸上競技一五〇〇メートルの日本代表として、三分四八秒一の好成績で六位入賞を果たした。

「学生オリンピック」とはいえ、『日の丸』をつけた日本代表として世界と闘い、入賞を果たすことができたのだ。

満足の結果を得た青葉は、帰国前の自由時間にブダペストの町を探索《たんさく》した。
実は、胸を張って帰国できる成績を残して、ぜひやりたいと思っていたことがあった。
それは、これまでずっと青葉を応援してくれた山崎ハツエへのプレゼント購入である。
——ユニバーシアードで入賞して、あっと驚くようなプレゼントを贈る。
何も知らないハツエだったが、
しっかりと、ブダペストの青葉を力づけ六位入賞へと導いていたのだ。

青葉が、ブダペストの繁華街《はんかがい》を、足《あし》を棒《ぼう》にし、目を血走《ちばし》らせて選んだプレゼントは、『モンブランの白い万年筆《まんねんひつ》』だった。
彼女がこの万年筆で、自分に宛《あ》てた手紙を書いてくれる。その情景を想像すると、
青葉は、一刻も早く日本に帰りたいという思いにかられるのだった。

九月。帰国して数日後、ハツエと待ち合わせの約束をした日がやってきた。
「六位入賞、おめでとう！　世界でなんて、えらいんねえ」
「これ、おみやげ」

青葉は、そう言い放《はな》つと、袋ごと無造作《むぞうさ》にプレゼントを渡した。
前日までワクワクそわそわしていたくせに、気《き》の利《き》いた一言《ひとこと》すら添《そ》えられない。
――何がいいか、さんざん探《さが》したんだぜ。
と、喜ばせてあげればいいのに、相変わらず不器用《ぶきよう》な男だ。
だがハツエは、すべてを見通して素直にプレゼントを受けとった。
「ありがとう。忙しかったでしょうに、気を使わせちゃって……。
嬉しいなあ。何かなあ。
あら？　モンブランの白い万年筆。こんな高いもの、いいん？
よしゆきちゃん、ありがとう。この万年筆で手紙書くね！」
大喜びしてくれるハツエの表情を見て、青葉はとろけるような幸せを感じた。
しかし、嬉しいくせに、考えているだけで何ひとつ言わない。本当に不器用な男だ。
けれども、そんな青葉をハツエも好きだった。

一〇月。第四九回日本陸上選手権大会には、凱旋参加《がいせんさんか》した青葉の姿があった。
結果は、一五〇〇メートルを三分五三秒四のタイムで優勝。

その勢いで同月の岐阜国体に出場し、八〇〇メートルで大会新の二位。一分四九秒七のタイムは学生新記録で、それから四年間破られなかった。

日本大学陸上競技部四年生・青葉昌幸に残された目標は、ただ一つとなった。それは、『三つの宿題』のひとつでもある、箱根駅伝出場、そして優勝だ。そのためにも、

——箱根駅伝出場のラストチャンスを必ずつかむ。

青葉は、はやる思いを抑えながら、静かに闘志を燃やした。

岐阜国体が終わり、日大チームに合流した青葉は、長距離グループの練習に参加するようになった。

三年間エントリーされたものの、本選に選ばれなかった青葉の、箱根駅伝出場への猛烈なアピールでもあった。

中距離が専門の青葉だったが、長距離陣に遅れをとるようなことはなかった。

ところが、青葉の耳に聞こえてくる噂では、またも自分は補欠らしい。

「納得できない！　おれは、日本大学駅伝部のキャプテンじゃあないのか！」
青葉は、意《い》を決して監督室へ向かった。

監督室では、中・長距離指導者の水田信道が
箱根駅伝エントリー十四名と、本番十名の人選を検討《けんとう》していた。
この時の水田は、青葉より十二歳年上の三十六歳。
日本大学のＯＢで、箱根駅伝に二度出場し区間賞の経歴を持つ指導者であった。
日本大学長距離チームは、その年（一九六五年）一月の箱根駅伝で、
大《だい》エース宇佐美の活躍もあって七年ぶりの優勝を果《は》たした。
六年間、日大の優勝を阻《はば》んできたのは、すべて中央大学だった。
その間《かん》日大は、二位四回、三位一回、五位一回と、常に優勝争いに絡《から》んでいた。
水田は、日大の優勝を「フロック」と言わせないためにも連覇を狙っていた。

青葉が勢い込んで監督室のドアをたたいたのは、その時だった。
ドン！　ドン！　ドン！

「水田先生。青葉です。入ります！」

青葉は、水田を「監督」とは呼ばず、必ず「先生」と呼んでいた。指導者としての水田を尊敬し、慕《した》っていたからである。普段は、良好な二人なのだ。

しかし、その日の青葉は尋常一様《じんじょういちよう》ではなかった。


「おう、青葉か。

何をイライラしてるんだ？　まあ立っていては話もできないから、とにかく座れ」

青葉は、監督の向かいにあるパイプ椅子《いす》に荒々しく腰を落とした。

そして、怒りをぶちまけた。

「箱根メンバーの噂を聞きました。おれは、また走れないようですが納得できません！　なぜ、おれは補欠なんですか！」

「そうか、聞いたか。それでイラついているのか」

「先生は、おれの力を信用してくれないんですか！　なぜ、おれは補欠なんですか！」

「それはな、お前が『中距離選手』だからだ。

長距離の連中は、去年の夏の合宿から、ロードで二〇キロ、三〇キロと猛特訓を積んできた。その甲斐《かい》あって箱根で七年ぶりに優勝できた。
実力者ぞろいで人選に悩んでいるくらいだ」
「先生！　おれは、箱根を走りたくて会社も辞めて日大にやってきたんです！」
「そうだったのか？
おれは、青葉は三〇〇〇メートル障害が目標だったと記憶しているぞ」
「そ、そりゃあ、中距離で鍛えてもらって感謝しています。
日本新記録も出させてもらいました。ユニバーシアードにも出場できました。
だけど、中距離は中距離。箱根駅伝じゃあ、ありません。
どうして、おれは箱根で走らせてもらえないんですか。おれの力では不足ですか！」
「そんなことはない！
青葉。お前は、学生陸上界屈指《くっし》のスピードランナーだ」
「先生！　それなら、おれを箱根で走らせてください。
強い者が勝つ。強い者が選ばれる。それがスポーツです！
もし、お情《なさ》けで選手を選んでいたら、チームは勝てません。
応援する人たちだってがっかりします。

先生。おれを箱根駅伝に出場させてください！」
その時、おだやかな水田がギョロリと青葉をにらみ、凄《すご》みをきかせてこう言った。
「青葉。箱根優勝の日本大学駅伝チームをなめんじゃねぇぞ。
お前がどんなに速いか知らねえが、所詮《しょせん》トラックの三〇〇〇メートルまでだろう。
長距離チームには、一〇〇〇〇メートル三〇分切りがごろごろいるんだぞ。
他校《よそ》に行けばレギュラー当確《とうかく》も、日大《うち》じゃあエントリーだってあぶねえんだ。
だから、一人一人、誰もが必死なんだよ。
日本新記録なんてとどかない、当然ユニバーシアードなんて縁がない。
そんな連中が、箱根にだけはと、そりゃあ、監督のおれの胸が締めつけられるほど、
必死になって、もがきながら努力してんだよ。お前に、その思いがわかるか」
実力本位の人選はもちろんのことだが、その一方《いっぽう》で、情《じょう》に厚い水田だった。
「なめてなんかいません！　おれだって何度も三〇分を切っています。
それに、スピードだったら宇佐美にも負けません！」

そうなのだ。エース宇佐美に、スピードの青葉を加えた布陣《ふじん》は他校《たこう》の脅威《きょうい》だ。日大にとっては、超攻撃型の魅力的なオーダーが組める。

それを知る水田だからこそ、青葉を一年生の時からエントリー一四人に加えてきたのだ。

だが四年間、トラックの中距離専門で取り組んできた青葉への一抹《いちまつ》の不安、それは箱根駅伝が、一人二〇キロ超を走るロードレースということだ。


青葉は、いつのまにか椅子を蹴り倒していた。

非礼《ひれい》は承知の直談判《じかだんぱん》である。自分の思いを伝えるためには言葉だけでは足りないと、体が反応してしまった。

水田の襟首《えりくび》をつかんで、白分の前に引き寄せようという勢いだ。

監督室は、いつ殴《なぐ》り合《あ》いの大ゲンカが始まったとしても不思議ではない空気が充満《じゅうまん》していた。

だが、尊敬する水田を殴ることなど出来ようはずがなかった。

「先生、おれを箱根で走らせてください。おれは、おれは駅伝部のキャプテンです」

青葉の言葉は、次第に涙声になっていった。

しかし水田は、

「わかった」とは言わず、ひとつの条件を出した。

「確かに、お前はキャプテンだ。中・長距離の連中の面倒を本当によくみてくれた。感謝している。ありがとう、と言おう。

ところで、青葉。お前さっき、強い者が勝つのがスポーツだと言ったな」

「は…、はい」

「スピードなら宇佐美に負けないとも言ったな」

「は…、はい」

「よし、青葉。宇佐美と勝負して勝ってみろ」

「えっ？」

「これからも、練習中に何度か一〇〇〇〇メートル走をやる。その時、一回でもいいから宇佐美に勝ってみろ。そうしたら、箱根出場を約束してやる」

宇佐美彰朗《うさみあきお》。一九四三年（昭和一八年）五月三十一日生れ。青葉よりひとつ年下だが、日大では同期である。

新潟県西蒲原郡吉田町《にしかんばらぐんよしだ》（現・燕《つばめ》市）出身。新潟県立巻《まき》高校から日本大学に進学する。

中学時代はバスケットボール部、高校時代はテニス部で、日大に入ってから本格的に陸上競技を始めたという異色《いしょく》のランナーであった。

にもかかわらず、一九六四年（昭和三十九年）、大学二年生の一月に箱根駅伝初出場。さらに、翌年の箱根駅伝では九区で区間新記録、中日マラソンでは三位入賞を果たし、将来のオリンピックマラソン候補として最も期待されていた。

その宇佐美に「勝て」という水田の条件は、青葉をふるい落とすための嫌《いや》がらせにしか聞こえなかった。

だが、最後の箱根駅伝出場のチャンスにかける青葉は、決してあきらめることなく、何度も宇佐美に挑戦した。しかし、青葉が宇佐美に勝てる日はなかった。

「…おれの力は、ここまでか？　結局、箱根の舞台には上がれずじまいなのか！」

ところが、そんな青葉に、

「今日なら勝てるかもしれない」という日がやってきた。

朝から体が軽くて絶好調《ぜっこうちょう》なのだ。

調整して迎えた朝ではないが、年に何回かこんな日がある。

しょせん気分の問題だと分かっているが、青葉は、「もしかしたら」と期待した。

けれども、そんな日に限って運はソッポを向く。

宇佐美が、「体調が悪い」という理由で一〇〇〇〇メートル走を休んだ。

水田監督と相談して大事をとったのだ。

一方、調子のいい青葉はスタートから先頭を走り、二九分台で、その日のトップだった。

しかし、宇佐美のいないレースだった。


複雑な思いで練習を終えた青葉が、水田から声をかけられた。

「青葉。ようやく宇佐美に勝てたな」

「はぁ？」

「今日の宇佐美は、相撲でいえば不戦敗《ふせんぱい》。よって、レーストップのお前の不戦勝《ふせんしょう》だ。

箱根本番でも、今日の走りを忘れるなよ」

青葉は、きょとんとしたまま何を言われているのかわからなかった。

しかし、すぐに水田の意図《いと》を飲み込んだ。

「先生、ありがとうございます！　頑張ります！　必ず先生の期待に応《こた》えてみせます！」
と、最高の返事をした。
「おいおい。あまり力《りき》むんじゃないぞ。突《つ》っ込《こ》みすぎると後半バテるからな」

水田は、すでに青葉の起用《きよう》を決めていた。
しかも、スピードの青葉を一区に配し、
エース宇佐美を、箱根駅伝・花の二区に置くゴールデンリレーを描いていた。
もしかすると水田は、
青葉の調子の良さを察して、最初から宇佐美を休ませたのかもしれない。

一九六六年（昭和四十一年）、一月二日。
ついに、青葉が箱根駅伝の『タスキ』をかける日がやってきた。
青葉にとっての最初で最後の箱根路は、予定通りの一区だった。
大手町の読売新聞社前を一斉《いっせい》にスタートして、
二区の鶴見《つるみ》中継所まで走る約二十一キロメートルのコースだ。

あまりアップダウンがないため、各チームがスピードランナーを揃《そろ》え、レース全体の流れを作ろうとする区間である。

秋からここまで絶好調の青葉は、日大の連覇、そして『三つの宿題』の一つ、箱根駅伝優勝のために、独走での区間賞を狙っていた。

ところが、やはり箱根駅伝には「魔物《まもの》」が潜《ひそ》んでいた。

青葉は、区間記録を上回るペースで力走したが、この年の一区は超ハイレベルの激戦で、青葉の他にも二人の選手が区間新ペースの快走をみせた。

一人は国士舘《こくしかん》大学の井上俊、もう一人は順天堂大学の吉田博美だ。

青葉が、六郷橋《ろくごうばし》の下り坂を必死にスパートし、二区の宇佐美彰朗に倒れこむようにタスキを渡したときの順位は三位だった。

一位は、国士舘の井上。二位は、順天堂の吉田、そして、なんと三位の青葉までが区間新記録だったのである。

区間新で三位という日大だったが、

二区には学生ナンバーワン・ランナーの宇佐美が待っている。
「ここで逆転」と、監督の水田はもくろんだが、
順天堂の澤木啓祐《さわきけいすけ》（のちの順天堂大学監督）が、区間新記録で宇佐美を上回った。
宇佐美は、ベストコンディションではなかったが、
それでも区間二位で国士舘との差を縮《ちぢ》めた。
その後も日大勢は、区間二位・二位・三位で、国士舘を抜いて往路《おうろ》二位の成績を残した。
しかし、順天堂大学には及ばなかった。
無理もない。順天堂は、二区の澤木から五区の大塚まで全員区間賞だったのである。
勝負事《しょうぶごと》に、「もしも」や「たら」「れば」は禁物《きんもつ》だが、
もし、順天堂の一区・吉田が、国士舘の井上を追い抜いていたら、
吉田が区間賞で、順天堂大学は往路全員区間賞の快挙《かいきょ》ということになる。
吉田は、さぞ悔《くや》しかったに違いない。
しかし、これもまた箱根駅伝というドラマなのである。
日大は、復路《ふくろ》優勝の猛追《もうつい》をみせるが、往路の差が大きく総合二位に終わった。

優勝は、順天堂大学。初めての箱根駅伝優勝だった。二位は日大、三位は日本体育大学、四位は中央、国士舘大学は五位だった。

総合二位・準優勝にもかかわらず、日大に対するマスコミの評価は厳《きび》しく、あるスポーツ紙は、「一区・青葉が失速《しっそく》、出遅《でおく》れ」という見出しを載《の》せた。区間新記録でも失速……。それほど日大が強く、注目される時代だった。

水田は翌年（一九六七年／昭和四十二年）、翌々年（一九六八年／昭和四十三年）と連覇を果たし、みごとにマスコミを見返《みかえ》してみせた。

ともあれ、こうして日本大学・青葉昌幸の陸上競技生活は終わった。

一方、初優勝を飾った順天堂大学は、初出場から、わずか八年目の快進撃《かいしんげき》だった。しかし、近年脚光《きゃっこう》をあびている東洋大学の初優勝は、第一四回大会に初出場してから六七回目の挑戦であったし、青山学院大学も第二二回初出場、第九一回初優勝である。東京農業大学、法政大学、拓殖《たくしょく》大学といった伝統校は、まだ優勝経験すらない。それほど、箱根路は遠く険《けわ》しいのだ。

ところで、この遠く険しい箱根路のドラマ、醍醐味《だいごみ》の一つに、ランナーたちの卒業・入学という入れ替えがある。大学対抗の箱根駅伝は、上位校がエースの卒業でシード権を失ったり、成績下位校が有望新人の加入で突然優勝争いにくい込んだりするという番狂わせを見せることがある。

しかし、番狂わせは、有望新人の活躍に限ったことではない。トラックのタイムが平凡でも、ロードでは爆発的《ばくはつてき》な力を発揮《はっき》する選手がいる。大学ランナーの一人一人が、その可能性を秘めているのだ。

反対に、実力を持ちながらも、チームとしては箱根駅伝出場が叶《かな》わなかった悲運《ひうん》のランナーたちも大勢《おおぜい》いる。予選会では個人成績が上位ながら、チーム全体での結果が及ばず、箱根駅伝本選では、沿道整備《えんどうせいび》に回ったりするランナーたちである。

そうしたランナーたち一人一人が、切なさ、悔しさ、悲しみ、苦しみ、あるいは時に、憧《あこが》れ、愛《いと》おしさ、感謝の思いを抱《だ》きしめながら、何百、何千という、『もう一つの箱根駅伝』というドラマを紡《つむ》いでいるのである。

しかも、そうしたドラマは、
箱根路を走るランナーや、裏方《うらかた》に回った大学生たちに限られたものではない。
監督、コーチ、マネージャー、
両親、家族、母校の先輩・後輩、地元の人、故郷の人々、
それこそ、毎年、毎年、
箱根駅伝をかかさず応援してくださるファンの方たち一人一人の心の中にまで、
その思い、切なさや愛おしさが、受け継がれているのである。

これほど美しく、これほど涙ぐましいものはない。
まさに、われわれ一人一人が、人生の駅伝選手なのである。

〝エンディング・ソング「世界に一つだけの花」（SMAP）〟

第七区　つなぎ続けるタスキ　～次の人のために～

箱根駅伝・準優勝から数日後、

三月に卒業を控えた日本大学四年生の青葉は、秩父鉄道石原駅を訪れた。

監督と駅長さんに、『三つの宿題』を果たせなかったお詫《わ》びをするためだ。

二人は、心の底から青葉の来訪《らいほう》を喜び、

「お前は、よく頑張った。よく頑張った」と、歓迎してくれた。


「監督、駅長さん。あんなにお世話になったのに、お約束を守れませんでした。

本当にすみません」

青葉は、深々《ふかぶか》と頭を下げた。

「まあ、青葉。いかにも律義《りちぎ》なお前らしいが、立派に日本新記録を出したじゃないか」

と、監督がねぎらってくれた。続いて駅長さんが、
「そうだよ、青葉君。オリンピックだって、あとコンマ二秒まで迫《せま》ったし、
箱根駅伝も準優勝したじゃないか。私たちは、十分満足しているよ」

しばしの歓談のあと、監督が口元を引き締めて青葉にこう尋ねた。
「ところで青葉。夢を描《えが》けば必ず叶《かな》うって本当なのか？
それって、ちょっと違うんじゃないのか？」
「……？　監督、どういうことでしょうか？」
青葉が、怪訝《けげん》な顔で問い返した。
「おれは四年前、確かに『三つの宿題』を、お前に厳命《げんめい》した。
あの時は、あれ以外に、お前の辞表を受理してもらえる方法が見つからなかったんだ。
お前も、戸惑《とまど》っただろうし苦しかっただろう」
「いや、監督。あの時、監督に怒鳴《どな》られていなかったら今の自分はないと思います」
「そうかもしれない。だがなぁ青葉、
これからの話は、お前の一生懸命を見たり聞いたりして気付いたことなんだがな、

レースに出る選手は、みんな優勝目指して頑張っていると思う。
だけど、金メダル取れるのは誰が考えたって一人だろ。野球だって、サッカーだって、
トーナメントで勝ち残れるのは絶対に一チームだけだよな。
じゃあ、勝てなかった選手やチームはダメだっていうのかい。
練習や努力はムダだって言うのかい。ちがうよな、青葉。
お前は、約束を果たせなかったって言うけれど、
諦めなかったからこそ、あと一歩のところまで行けたんじゃないのか
「それは、監督が、『お前の覚悟は、そんなもんか！』って、
叱ってくれたから出来たんです」
「それも、そうかもしれない。でもな、まあ聞けよ、青葉。聞いてほしいんだ。
おれはな、お前の一生懸命から、夢が叶わないことだってあるけれども、
夢を諦めたらいけない理由ってもんを教えてもらった気がするんだ。
たとえ、お前の夢が叶わなくても、
お前の一生懸命が、他の誰かに受け継がれていくんじゃないのかって。
そう、駅伝のタスキみたいに、

次の誰かのために受け継がれていくんじゃないのかって思うようになったんだ。

もちろん、追いかける夢の形は変わっていくだろうがな」

「夢は、受け継がれる？……。次の誰かのために？……」

「そうだ。だから、夢を描けば必ず叶うじゃあなくて、
夢が叶わないことだってあるけれど、諦めなければ夢に近づける、
諦めない姿は、きっと次の誰かに受け継がれる。

夢を諦めちゃいけない理由って、そういうことじゃないのか。どうだ、青葉？」

「夢を諦めてはいけない理由……」

監督の真剣なまなざしが、青葉の胸に突き刺さってくるようだった。
「監督。ありがとうございました。
自分の一生懸命なんて、まだまだ人を動かすような、そんな力はありません。
でも、確かに諦めてはいけない理由って、
次の誰かのためにって事かもしれません」

「監督。自分は、九州へ行きます。九州で、諦めない自分になれるように、しっかりと鍛えてきます！」

青葉が、力強く宣言した。

「そうか、九州か。お前の新しい職場は、君原のいる八幡製鐵《やわたせいてつ》だったな。君原って言ったら、『あきらめない』の代表みたいな男だもんな。お前に、まだ何かやりたいことがあるのなら、やり残しは九州でケリつけてこいよ。応援しているからな」

と、監督は、青葉の九州行きを励ましてくれた。

青葉のもとには、多くの実業団チームからの勧誘《かんゆう》があった。その中から青葉が選んだ進路は、九州の八幡製鐵だった。後の、日本製鉄である。そこには、尊敬する『あきらめない』の君原健二がいる。

君原健二。君原健二は、東京（八位）、メキシコ（二位）、ミュンヘン（五位）と、三大会連続でオリンピックに出場している。

しかし、君原の偉大《いだい》さは、その実績よりも、「決して、あきらめない」の一言に尽きる。

君原は、生涯《しょうがい》七四度のマラソン競技会に出場し、一度の棄権《きけん》もない。


君原は、前述《ぜんじゅつ》の自叙伝《じじょでん》で、こんな言葉も残している。

「メダルよりゴールすることが大切なんです。

苦しければペースを落とせばいい。

もうだめだと思えば、身近な目標を立てればなんとかがんばれる。

走れるものなんです」

この君原の思いは、一九七九年（昭和五十四年）に、公共広告機構《こうきょうこうこくきこう》（ＡＣ）の自殺防止キャンペーン『すてていけない君の人生』で紹介されている。

「私は苦しくなると、よくやめたくなるんです。

そんなとき、あの街角《まちかど》まで、あの電柱《でんちゅう》まで、あと一〇〇メートルだけ走ろう。

そう自分に言い聞かせながら走るんです」

これは、新聞の広告になり、テレビでも放映されて広く人の目に触れた。

その広告を見て、自殺を思いとどまった若者もいたという。

君原は、自分の思いが伝わって嬉しかったと語っている。

さて、九州・八幡製鉄入社を決めた青葉は、
結婚を前提《ぜんてい》にハツエを九州に誘《さそ》おうと考えていた。
「一生、ぼくのサポートをしてください」という、プロポーズの言葉まで用意していた。
ところが、それはもう少し先の話になってしまう。
なんと、青葉の九州行きに、埼玉県が「待った」をかけたのである。
三月の卒業式を終えて、後輩たちから送り出された青葉を待っていた次の人生は、
九州・八幡ではなく、埼玉県庁の職員だった。

青葉に「待った」をかけたのは、埼玉県教育委員会の事務局だった。
というのは、青葉が卒業した翌年一九六七年（昭和四十二年）は、
埼玉県で初めての『第二十二回国民体育大会・埼玉国体』が開かれるからだ。
天皇杯《てんのうはい》（男女総合優勝）・皇后杯《こうごうはい》（女子総合優勝）獲得は、
開催県の面子《めんつ》をかけた絶対に成し遂げなければならない至上目標《しじょうもくひょう》だった。

埼玉県は、九州にも他県にも、メダルが狙える有望選手・青葉を渡すまいと画策《かくさく》した。

埼玉県教育委員会は、青葉が八幡製鐵を希望しているものの、まだ正式契約を結んでいないことをキャッチし、県庁職員としての採用を考えた。教育委員会は、青葉を埼玉県庁・国体事務局職員として勧誘したのだ。

将来は、郷土・埼玉県の中学か高校の教員として陸上競技の指導を夢見る青葉は、埼玉県庁職員としての「公務員ランナー」の道を選んだ。

国体の季節を迎えるころになると、必ず『ジプシー選手』と呼ばれる競技者たちが現れる。開催県が総合優勝達成のために、有望選手を地元に引《ひ》っ越《こ》しさせたり、引《ひ》っ張《ぱ》ってきたりするのだ。

「本当に自分が生まれ育った都道府県に所属して出場している選手なんていやしない」と、極端《きょくたん》に揶揄《やゆ》されるほど、露骨《ろこつ》なスカウトが行われていた。

それが事実かどうかは別として、一九六四年（昭和三十九年）の第一九回・新潟国体から二〇〇一年（平成十三年）の第五十六回・宮城国体まで、二十七大会連続で、天皇杯はすべて開催県が獲得し、その傾向は今でも続いている。

それに対して、青葉は、秩父で生まれて秩父で育った生粋《きっすい》の『埼玉県人』だ。『ジプシー』ではない『埼玉県人』の青葉を、何としても獲得すべく、埼玉県教育委員会は、いずれは埼玉県の教員になって陸上競技の指導にあたってはどうかと持ちかけていたのだ。

ところで、埼玉県庁の「公務員ランナー」といえば、マラソンの川内優輝《かわうちゆうき》選手（現在は、あいおいニッセイ損害保険所属のプロランナー）が有名だが、青葉は川内の大先輩ということになる。

ちなみに川内は、二〇〇七年（平成十九年）、学習院大学二年生のときに関東学連選抜《かんとうがくれんせんばつ》の選手として第八十三回箱根駅伝に出場し、参考記録ながら第六区を六位の成績で走った。学連選抜・川内は、第八十五回大会でも六区を走り区間三位の好成績を残している。

一九六七年（昭和四十二年）六月。

青葉は、埼玉県庁職員の「公務員ランナー」として、まだ出場資格を有《ゆう》していたユニバーシアード東京大会の予選会に出場していた。

そこで、予想だにしなかった事故が青葉を襲《おそ》った。

アキレス腱の断裂《だんれつ》である。

三〇〇〇メートル障害に出場し、トップで最後の障害を飛び、水濠《すいごう》に着地した、その瞬間だった。〈バツン！〉という破裂音《はれつおん》が響《ひび》き、

「切れた！」とわかった。

ユニバーシアードどころか、国体にも出場できない大ケガをしてしまったのである。

青葉は、目の前が真っ暗になった。


入院した青葉は、ギプスで固定された左足を見つめながら、思い通りにならない自分に何度も何度も愚痴《ぐち》をこぼした。

「埼玉国体のために採用された自分から、陸上を取り上げたら何も残らない。おれは、何の役にも立たないじゃないか」と。

そんな青葉を励まし、くじけそうになる心を前向きにしてくれたのは、やはりハツエであった。毎日病院にやってきては、明るい笑顔で青葉の心をほぐして、「ねえ、よしゆきちゃん。国体に出られないのは残念だけれど、今、何ができるかを一緒に考えようよ」と、言ってくれた。

ハツエは、青葉が投げやりでヤケになっているとわかっていたが、「それでも、それでもいいから、今できることを、あきらめないでやろうよ」と、青葉を励まし続けた。

その励ましに発奮《はっぷん》したおかげか、青葉は驚異的《きょういてき》な回復を見せ、夏には退院して本格的なリハビリを始められるようになった。

温泉やプールに出かけて体をつくり、ジムで筋力《きんりょく》を鍛えた。

結果、予定よりもはるかに早く松葉杖《まつばつえ》なしで歩けるようになった。軽いジョギングも再開できるようになった。

秋、十月になり、『第二十二回・埼玉国体』が開幕した。

埼玉県チームは、各競技で順調に得点を重《かさ》ね、総合優勝達成は確定的だった。

一方、青葉のアキレス腱は、練習なら三〇〇〇メートル障害を走れるほどにまで回復していた。青葉自身が信じられなかった。

健康で丈夫な体を授けてくれた両親のおかげとつくづく感じた。と、同時に、献身的《けんしんてき》に尽くしてくれたハツエのおかげでもあると感謝した。

青葉は、出場できないお詫びにと、各競技会場をまわって、声をからしての応援に精を出した。


そんな青葉に、埼玉県チームの監督から命令のような指示がとんだ。

「青葉君。出てみろ」

「えっ？」

「青葉君。『ジプシー選手』って知っているな」

「はい、一応は…」

「君は、正真正銘《しょうしんしょうめい》、チャキチャキの埼玉県代表選手だ。陸上関係者なら、君の名前を知らないやつはいないだろう。

そして、わずか四ヶ月前にアキレス腱断裂の大ケガを負《お》ったことも。

埼玉は、きちんと地元選手が活躍している。

しかも、大会前の大ケガを克服《こくふく》した選手がここにいる、というチャレンジ精神を見せてやろうじゃないか」

「か、監督、……ありがとうございます。

光栄なお話ですが、でも、とてもレースなんかできる状態ではありません」

「失礼だが、それは承知しているよ。

君がアキレス腱を切ったという一報《いっぽう》が入ったときは正直愕然《がくぜん》とした。

ただ、今は別の意味で驚いている。

主治医《しゅじい》の先生から聞いたが、君がＯＫなら出場は大丈夫、将来に心配もないと、太鼓判《たいこばん》を押してくれたそうじゃないか」

「しかし…」

「埼玉県の総合優勝は、もう間違いないだろう。

だから、青葉君。

君の走りで、全国のアスリートたちに勇気を与えてくれ。

日の丸のユニフォームを、埼玉県のユニフォームに代《か》えて総合優勝に花を添《そ》えてくれ」

実際、青葉のコンディションではレースになるはずがなかった。

青葉の走り方だと、障害を飛び越した後《あと》、アキレス腱を切ったほうの足で着地をしなければならない。

だが、まだ不安な思いをかかえたままでは、いちいち足を踏み換えなければならない。

まともな走力があったとしても、そんなロスをしていては、勇気を与えるなどできるわけがないし、きっとビリになってしまうだろう。

そんなランナーが、埼玉県の優勝に花など添えられるはずがない。

青葉は、何度も辞退《じたい》を伝えたが、最後は真剣に出場を勧《すす》め続けてくれる埼玉県チーム監督の「勇気を与えてくれ」という熱意を素直に受け入れることにした。

青葉は、埼玉県チームのユニフォームに、日の丸とは違う郷土愛《きょうどあい》を感じていたからだ。

埼玉国体の陸上競技三〇〇〇メートル障害レース。

スタートラインには、わずか四か月前にアキレス腱を断裂の大ケガを負った青葉の姿があった。

まさかの青葉の登場に、多くの陸上関係者が驚きの表情を見せた。

「ええっ、うそだろ！」

「青葉は、アキレス腱を切ったはずじゃあないのか」

「こんなに早く、走れるようになったのか？」

青葉の走りは、ベストコンディションのときとは全く比較にならないものだったが、自分なりのすべてを出し尽くした。

予選はかろうじて通過できたものの、決勝は一周遅れの一人旅だった。

ゴールした「公務員ランナー」の青葉は、
心からの感謝を込めて、深々《ふかぶか》とトラックに一礼《いちれい》した。

すると、青葉のまわりに、すでにレースを終えた選手たちが駆け寄ってきた。

「青葉、すごいな。まさか、決勝まで残れるとは思わなかったよ」

「青葉。感動して心が震《ふる》えたよ。足は大丈夫か」

「青葉さん。『あきらめない』を教えてもらいました。ありがとうございます」

そうした言葉を耳にした青葉は、

ケガを恨《うら》んで愚痴《ぐち》を吐《は》いていた自分が恥ずかしくなった。

本当は、無理だろうとあきらめていたからだ。

「そうか……、これが、ケガをしたおれにも出来ることだったのか……」

そして、「それでもいい、それでもいいから、今できることを一生懸命やろうよ」

と、励まし続けてくれたハツエの言葉を思い出した。


ちょうど、その時だった。

「よしゆきさーん。頑張ったんねー。おつかれさまでしたー」

という、スタンドから手を振るハツエの声が届いた。

どんな祝福よりもうれしいエールだった。

「よし！　結婚しよう！」と、青葉は決心した。

青葉昌幸の、

「ぼくを、一生サポートしてください」という、山崎ハツエへのプロポーズ。

その返事は、まっすぐな「イエス」だった。

「昌幸さんの夢を、私も一生応援し続けます」と、ハツエは応えてくれた。

アキレス腱は切れたが、青葉とハツエの赤い糸は、その看護とリハビリでいっそう固く結ばれていた。


一九六八年（昭和四十三年）二月。

青葉昌幸と山崎ハツエは、結婚して夫婦になった。

秩父の青葉の実家で、両親、祖父母、弟二人と一緒に暮らす生活が始まった。


ところが、結婚したばかりの二月の末に、突然、思いがけない話が舞い込んだ。

東京・板橋区と埼玉県・東松山市に校舎を持つ大東文化大学から、

「四月から、うちの大学の体育の教員として、陸上競技部監督を引き受けてほしい」

というオファーがきたのだ。

中学の教員か、高校の教員。ずっと、そう考えていた青葉の頭には、「大学」という選択肢《せんたくし》はまったくなかった。

最初は、想定外の招聘《しょうへい》に戸惑いを感じた青葉だったが、次第に、「これは、宿命なんじゃないのか」と、思うようになっていった。

青葉は、秩父鉄道・陸上部監督の言葉を思い起こしていた。

「あきらめない一生懸命の姿は、次の誰かに必ず受け継がれる。そう、駅伝のタスキのように」という言葉である。

大学に行けば、箱根駅伝がある。また、オリンピック出場の夢を追いかけてくれる選手との出会いが待っているかもしれない。

青葉は、次の誰かのために、大東文化大学陸上部監督としての『タスキ』を受ける決意を固めた。

「ハツエ。例の話なんだけれど、

大東文化大学さんに、お世話になろうと思うんだ……。ハツエは、どう思う?」
「ふふふ、もう昌幸さんの気持ちは決まっているんでしょ。
どうぞ、昌幸さんの思うようにしてください。私は、昌幸さんの夢を応援します」
と、笑顔でにっこり返事をしてくれた。
こうして、弱冠《じゃっかん》二十五歳の青年監督・青葉昌幸が誕生することになった。

青葉は、勤務先の埼玉県庁国体事務局で、大東文化大学陸上部監督受諾《じゅだく》の報告をした。
埼玉国体が終わっても、事務局は、その後片付《あとかたづ》けのために今日も忙しい。
だが、事務局の職員たちは、青葉の新監督就任を大きな拍手で祝福してくれた。
ちょうど居合《いあ》わせた埼玉県チームの監督も、青葉を抱《だ》きしめて大喜びしてくれた。
「青葉くん、よかったなあ。本当によかった」
だが、監督の激励《げきれい》の一言《ひとこと》を耳にしたとたん、青葉は身の引き締まる思いを感じた。
「青葉くん、おめでとう。
大東文化大学は、箱根駅伝最下位とはいえ、創部二年目にして、オール一年生で箱根駅伝初出場を果たした有望なチームだ。君《きみ》は、まだ二五歳。君にかかる期待が大きい分だけ大変だろうが、立派な成績を上げてくれよ。埼玉県チームを代表して応援しているよ」

その日、青葉は、早退して帰りの高崎線に乗り、熊谷駅で下車した。そして、秩父線に乗り換えることなく、東松山行きのバスに乗車した。熊谷駅から東松山市に向かう途中の比企郡滑川村《ひきぐんなめがわ》（現・滑川町）には、国営としては初めての、広大《こうだい》な「武蔵丘陵森林公園《むさしきゅうりょうしんりんこうえん》」が造営《ぞうえい》されるという。

——なだらかな比企武蔵丘陵…、これほどランニングに適した絶好の場所はない。青葉は、いずれここも大東大陸上部のトレーニングコースにしようと考えながらも、——果《は》たして、おれの力でどこまでやれるのだろうか。

と、内心の不安を、ぬぐい切れなかった。

そんな青葉が向かった先は、東松山市の中心街に御鎮座《ごちんざ》する、創建《そうけん》一一五〇年の箭弓稲荷《やきゅういなり》神社だった。

この境内《けいだい》の中に、青葉が尊敬する第一回箱根駅伝ランナーの胸像《きょうぞう》がある。

名を、山口六郎次《やまぐちろくろうじ》という。

「マラソンの父」金栗四三《かなくりしそう》らと共に、『第一回箱根駅伝大会』を創始した人物の一人だ。

——この町に呼ばれるなんて運命的だ。

箱根駅伝立ち上げに挑《いど》んだ山口先生と縁深《えんぶか》いこの町に……。

箭弓稲荷神社に着いた青葉は、まっすぐに山口の胸像へと向かった。

そして胸像の前にしばらくたたずむと、こうつぶやいた。

「先生、ぼくに力を与えてください」

一九六八年（昭和四十三年）、三月。

まだ、桜のつぼみが花咲かせる前の出来事である。


〖エンディング・ソング「負けないで」（ZARD）〗

第八区　青年監督

大東文化大学陸上競技部監督を受諾《じゅだく》した青葉は、当然のことという表情で、
「東松山市で、二人で暮らそう」と、ハツエにもちかけた。
ところがハツエは、
「私は、昌幸さんが監督として落ち着くまでは秩父に残ります
昌幸さんが仕事に慣れたら、押しかけますから安心してください」
と、言った。
若い新任《しんにん》監督が新妻《にいづま》を連れていたのでは、
選手たちが練習に集中できないのではないか、というハツエなりの気くばりである。
別居《べっきょ》はつらく寂《さび》しかったが、その通りにするべきだという彼女自身の心の声もあった。

しかし青葉は、

「いや、それはダメだ。仕事と生活は別々だ。

学校のそばにアパートを借りて一緒に暮らすんだ」

ハツエは、表情に笑《え》みを浮かべて、

「仕事と生活は別々だなんて、不器用《ぶきよう》な昌幸さんにそれは無理です。

練習が始まれば絶対無我夢中《むがむちゅう》になりますって。

私は選手たちだけでなく、昌幸さんにも練習に集中してほしいんです」

青葉同様にハツエの決意も固《かた》かった。青葉は、それに従って単身赴任《たんしんふにん》することになった。

だが、青葉には嫌《いや》な予感が漂《ただよ》っていた。

あの青葉家の気質《きしつ》だ。

案《あん》の定《じょう》、ハツエを擁護《ようご》するオール青葉家連合が断固《だんこ》許さなかった。

青葉の嫌な予感は、みごとに的中《てきちゅう》した。

「なんだと！　嫁《よめ》になったばかりのハツエひとりを置いて東松山へ行くだと。

このバカタレ！」

ご意見番の伯父《おじ》が火を噴《ふ》いた。

「お前がアキレス腱を切った時に、ハツエがどれだけ世話してくれたか、もう忘れたんか！　この恩知《おんし》らずの薄情者《はくじょうもの》！」

「いや、ちがうんだよ、伯父さん。おれは、ハツエに一緒に暮らそうって言ったんだ」

青葉が弁明《べんめい》した。

「お前の言《い》い訳《わけ》なんか聞いてない！

どうせ、おれの夢だ。男のロマンだとか格好《かっこう》つけてハツエをだまくらかしたんだろう！

このサギ野郎め！」

「伯父さん、ちがうんです。本当に私が、昌幸さんに単身赴任をすすめたんです」

ハツエが、青葉を援護《えんご》した。

「ハツエちゃん、無理しないでいいのよ。

母親の私の育て方が悪かったの。まだ披露宴《ひろうえん》も挙《あ》げてないのに。

山崎さんのご両親には私が謝ります。本当にごめんなさい。ごめんなさい」

「お義母《かあ》さん。ちがうんです。本当に私から言い出したことなんです。本当です」

何か言い続けようとするハツエを、伯父がさえぎった。

「ハツエ、お前は黙ってろ。昌幸が、つけあがるだけだ。こんなろくでなしは青葉家の人間じゃあない。勘当《かんどう》だ！」

青葉の父も、「うん、うん」

と、うなずいている。もちろん、今日もしらふではない。

青葉は八方《はっぽう》ふさがりで、とても抗弁《こうべん》できる余地《よち》はなかった。

青葉家一同、聞く耳もたずの状況だった。

その時、「みなさん!!」と、

突然ハツエが、有《あ》らん限《かぎ》りの大きな声を出した。

水を打ったように、その場が静まり返《かえ》った。

「ごめんなさい、大声だして。

信じて下さい。昌幸さんに、単身赴任をすすめたのは本当に私なんです。

大東文化さんは、今年の箱根駅伝に初めて出場したんです。

それも、全員一年生の若いチームで。だから、若い監督を探《さが》していたそうです。

前の監督さんが、お辞《や》めになった理由はわかりません。

でも昌幸さんに、すごく期待して誘《さそ》ってくださったんです。

しかも、監督としてだけでなく、大学の体育の教員としての採用です。

それは、昌幸さんの夢でした。

昌幸さんの夢は、私たち二人の夢でもあるんです。

だから、私にできる、私なりの精一杯《せいいっぱい》の応援をしたいんです。

昌幸さんがいなくても、私を青葉家の一人として迎えて下さい。

中学校の仕事は続けるけれど、おじいちゃんや、おばあちゃん、お義父《とう》さん、お義母《かあ》さんに好かれるように一生懸命がんばります。

だから、わかってください」

「だめだ！」

という伯父を制して、ギンばあちゃんが締《し》めくくった。

「ハツエ、よぉくわかった。

昌幸も、今のハツエの話をよぉく聞いたな。忘れんじゃねぇぞ。

早く仕事を落ち着けて、ハツエを迎えに来るんだぞ。いいな。

それから昌幸。

これからは、人様《ひとさま》のお子さんの面倒《めんどう》見るんだ。絶対ケガなんかさせちゃあいけねぇ。
ハツエは青葉家みんなで守ってやるが、
お前は一人で、よそのお子さんたちの世話をするんだ。
親御《おやご》さんたちの顔をよぉく思い浮かべて、
ケガだけはさせないように大事に世話するんだぞ。わかったな」
「はっ、はい！」
ハツエの必死の懇願《こんがん》と祖母の取《と》り成《な》しで、晴れて青葉が監督就任できる環境が整《ととの》った。

その時、ハツエの身体《からだ》には、ちいさな、ちいさな生命《いのち》が宿《やど》っていた。

新妻を秩父に残し、単身赴任でやってきた二十五歳の青年監督を待っていたのは、胃がきしむような強烈《きょうれつ》なプレッシャーだった。
それは、前年度の成績である。
大東文化大学陸上部は、一九六八年（昭和四十三年）一月の第四十四回箱根駅伝大会で、創部二年目にして、オール一年生で箱根駅伝初出場を果《は》たしているのだ。

創部二年目にしての箱根駅伝初出場の舞台は、こうして作られた。

一九二三年（大正十二年）、『大東文化協会』として創設された『大東文化大学』は、学校の経営的PRのために、箱根駅伝出場を目指した。

箱根駅伝は、一九五三年（昭和二十八年）からNHKラジオで全国放送されて以来、年々そのファンを増やし続けていた。大学側が、そこに目をつけたのである。

先《ま》ず、大東文化大学は、陸上競技部を創設し、関東学生陸上競技連盟（関東学連）への登録申請をした。続いて、特待生待遇《とくたいせいたいぐう》で全国の有望選手獲得に奔走《ほんそう》した。

トップクラスの選手たちは、伝統校《でんとうこう》と呼ばれる有名大学に持っていかれてしまうが、それでも獲得した選手たちは、ほとんどが全国高校駅伝を走ったランナーたちだった。

ここまでが、創部一年目ということになる。

そして、翌一九六七年（昭和四十二年）春の創部二年目に、新監督とともに新入部員が大挙《たいきょ》入学した。この一年生たちが、箱根駅伝予選会に挑戦し、第四位の成績で本大会の出場権を勝ちとった。

そして、オール一年生で箱根駅伝大会に初出場した、というわけだ。

箱根駅伝終了後、前監督は事情があって退任したが、大学側は、さらなる全国PRをもくろみ、力のある新一年生の獲得と、若いチームにふさわしいフレッシュな青年監督の獲得に動いた。

そこで白羽《しらは》の矢が立ったのが、弱冠二五歳で地元・埼玉県出身の青葉昌幸だった。

大東文化大学は、最適任者《さいてきにんしゃ》の青葉に、陸上競技部の監督就任を要請《ようせい》した。

そして青葉は、これを受けた。

さて、最下位の十五位とはいえ、大東文化大学のオール一年生での箱根駅伝初出場は、前代未聞《ぜんだいみもん》の快挙《かいきょ》として新聞紙上《しんぶんしじょう》を賑《にぎ》わせた。

大学側がもくろんだPR効果は、予想以上の成果を上げた。

並《な》み居《い》る伝統校の中にあって、

新興校《しんこうこう》・大東文化大学が一躍《いちやく》スポットライトを浴《あ》びたのである。

大東大体育連合会のキャンパスのある地元・東松山市の人たちは、

「次は、シード権の取れる九位以内を」と、囃《はや》し立《た》てた。

自然発生的《しぜんはっせいてき》というよりは、大学側の明確なプロパガンダ戦略《せんりゃく》だ。

その空気は、否応《いやおう》もなく青葉の双肩《そうけん》にのしかかってきた。


そこで青葉は、きしむ胃をかばいながら、思い切って、

「三年計画で三位入賞」

というプランを大学側に提案した。

三年後、すなわち前年度の一年生たちが四年生になるまでに、箱根駅伝で三位入賞できるチームに育てるというものだ。

選手一人ひとりの基礎的な身体能力に加えて、実際に一年生十人が箱根駅伝を走ったという経験は大きかった。

青葉は心ひそかに、「いける」という可能性を感じていた。

三位に食い込むことができれば、
次は優勝できるチーム作りに取り組めると踏《ふ》んでいたのだ。

四月一日、大東文化大学・陸上競技部・部室。

一・二年生あわせて二十三名の部員たちと初めて向き合った青葉は、挨拶《あいさつ》も早々《そうそう》に『三年計画』をぶち上げた。

直立不動《ちょくりつふどう》で緊張していた部員たちからは希望の笑顔があふれた。

青葉昌幸といえば、
高校生ランナーたちが憧れる王者・日本大学陸上競技部・駅伝部の主将経験者であり、日本新記録樹立、ユニバーシアード出場といった輝かしい実績を持つ陸上界の大先輩だ。

きっと厳《きび》しいひと言から始まるだろうと想像していた部員たちは、新監督から寄せられた期待に正直に喜んだ。


しかし、その後《あと》が悪かった。青葉が部員たちを鼓舞《こぶ》しようと放《はな》った言葉が、その場をしらけさせてしまった。

「お前たちは、はっきり言って選手としては二流だ。お前たちの中に、五〇〇〇メートルを一四分台で走れる奴《やつ》がいるか？いないだろう。全員が、今のおれより遅いわけだ。

箱根に出場したといっても最下位のビリっかすだ。三年計画を達成するために、黙っておれについてこい。わかったな」

このひと言に、ほとんどの部員たちがカチンときた。

——おれたちは、全国に大東大の名をとどろかせた功労者《こうろうしゃ》じゃないのか。

そういう自負《じふ》を持ち、地元の英雄として有頂天《うちょうてん》になっている部員たちである。

青葉のひと言は、その場の空気を完全に崩《くず》してしまった。

この瞬間、両者の心のすき間に、深い溝《みぞ》が生まれた。

だが、そんなことは新米《しんまい》の青年監督にはわからない。自分の言葉に酔《よ》っていた。

目の前の部員たちが、しらけ切っているのにも気づかず、青葉は延々と訓示《くんじ》を続けた。

部員たちの新監督への期待は一気にしぼみ、

「歓迎《かんげい》」の気持ちは、「お手並《てな》み拝見《はいけん》」の構《かま》えへと変わっていった。

ついに漕《こ》ぎだした『青葉丸《あおばまる》』の船出《ふなで》は、順風満帆《じゅんぷうまんぱん》とはいかなかった。


新監督・青葉は、着任初日から猛練習を始めた。

だが、青葉についてこられる選手は一人もいなかった。

選手の中には、箱根駅伝終了後、田舎《いなか》に帰ったまま、四月半《なか》ばまで戻《もど》って来ないつもりの者もいた。自主的な練習などに取り組んでいるはずもない。

そんな中で、二宮《にのみや》だけが、かろうじて初日の猛練習を耐《た》えきった。二宮は秩父農工出身で、箱根でアンカーを走り区間三位の成績を残した選手だ。部員たちのなかで最も能力の高い男であり、大東大のエースになれる人材だと青葉は睨《にら》んでいた。青葉は、二宮の根性《こんじょう》には惚《ほ》れ込《こ》みながらも、チーム全体に対しては、「これは徹底的に鍛えないとダメだ」と、感じた。

青葉は、翌日から練習量をさらに増やした。それに加えて、練習後のミーティングも繰り返し行った。勝てるチームにするためには、監督の考えをしっかりとチーム全体に浸透《しんとう》させなければならない。そのためには、一度や二度のミーティングではとても足りない。

全員が本当に理解できるまではと、何度も同じ話を繰り返した。
すると、驚くような事実が判明した。それは、グラウンド外での場外事件《じょうがいじけん》だった。
ある部員の話を聞いてみると、まだひとつも単位《たんい》が取れていないという。
授業に出たこともないらしい。
大学側の誰かと、はっきり約束したわけではないようだが、どうやら、
——箱根に出場さえすれば、進級《しんきゅう》はＯＫの特待生待遇《とくたいせいたいぐう》…と、思い込んでいたらしい。
「何だって？　授業に出ていないだと！」
青葉は、本気になって部員たちを叱りつけた。
「馬鹿野郎！　お前たちカン違いするなよ。
お前たちは、学生だろう。学生の本分は勉強だろう。ちゃんと授業に出ろ！
いいか。勉強もやる！　トレーニングもする！　そして、箱根駅伝も目指す！
これが、おれの方針だ！
お前たちは、ランナーとしての実力も二流だが、学生としての意識も姿勢も二流だ！」

その時、部員の一人が眉間《みけん》にしわを寄せて青葉に詰《つ》め寄《よ》った。

「じゃあ監督、授業に出て単位を取らないと進級はダメなんですか」

あまりの言いぐさに青葉は呆気《あっけ》にとられてしまい、すぐに言葉が見つからなかった。

しかし、はっきりと言い渡した。

「当たり前だ！　おれは大東大陸上部の監督だがな、その前に大東文化大学の教員だ。授業に出ない奴、単位が取れない奴を、おれは試合には出さない。

もう一度言う。勉強もやる！　トレーニングもする！　そして、箱根駅伝も目指す！

これが、おれの方針だ！」


スポーツに限らず、一部の学生に対する特待生扱《あつか》いは、今もエスカレートする一方である。それは大学のみならず、高校からプロの世界にまで拡《ひろ》がっている。

学校とはいえ、私立の高校や大学は、ひとつの企業である。

青葉にしても、有望選手のスカウティングを全面否定するつもりはない。

しかし、曖昧《あいまい》で甘い条件を駆使《くし》した、度《ど》を超《こ》えたスカウト活動は制限すべきだ。

青葉は、学生を叱りつけながらも、スカウトする側にも大きな責任があると感じた。

大学の授業が始まり、部員たちは「話が違う」と、不満をこぼしながらも、しぶしぶ教室に向かった。学年は二年生だが、二年間分の授業を抱《かか》えた部員もいたのだ。

一方で、青葉の猛練習は相変わらず容赦《ようしゃ》なかった。

部員たちは、「スパルタだ」「シゴキだ」と、陰で文句を言い続けた。

しかし、部員たちの個人タイムは、みるみる向上していった。

それが、青葉と部員たちをつなぐ危《あや》うく細い『糸』だった。

だが、その、か細《ぼそ》い一本の『糸』がついに切れた。

青葉の監督就任から一か月がたった五月、

練習後の部室でのミーティングは毎日続いていたが、

『糸』は、ここで切れた。

「いつも話していることだが、お前たちの実力は二流だ。

二流が勝つためには、練習しかない。練習は嘘をつかない。

お前たち一人一人のタイムは着実に良くなっている。

さらに力をつけるために…。ん？　おい、お前。

目を吊り上げて、口を「へ」の字にしているが、おれの言うことに間違いがあるか？

いいか。三年後に三位入賞だ。

そのために、明日から早朝練習を始める。いいな」

その瞬間、青葉の方針に強い抵抗感《ていこうかん》を抱《いだ》いていた部員たちの怒りが爆発した。

「監督。短い間でしたがお世話になりました。

おれたち、今日をもって陸上部を辞めます。

おれたち、監督に二流、二流とプライドを傷つけられて悔《くや》しい思いをしても、
箱根三位を夢見ていました。だから、猛練習にも耐えた。

でも、シード権も三位入賞も、みんな監督や大学の夢なんだ。

もう我慢《がまん》できません。辞《や》めます」

「辞めるって……。お前たちは、夢を捨てるのか？」

「夢？　自分の夢は捨てません。ただ、監督の夢につき合うのはやめます。失礼します」

まるで、この瞬間を待ち構《ま》《かま》えていたかのように、
六人の部員が、一斉に部室にある机の上に退部届を並べた。

そして、一礼《いちれい》すると部室から出て行ってしまった。
青葉は一瞬たじろいだが、彼らを引き留《と》めることはしなかった。
きっと、頭が冷《ひ》えれば気持ちも変わるだろう。明日の早朝練習には必ず来てくれる。
そう思えた根拠《こんきょ》は、猛練習で部員全員の個人タイムが上がっているという事実だった。
だが、青葉の考えは甘かった。

翌日の早朝練習初日、集合場所の大学正門前には誰もやってこなかった。
「こいつだけは」と期待していた二宮《にのみや》の姿もなかった。
「全員、監督無視か……」
だが青葉は、二、三日もすれば顔を出すだろうと、まだ、たかをくっていた。
しかし……。
二日目……無視。放課後の本練習も全員欠席。
三日目……無視。陸上部の合宿所に行こうかと迷うが、ためらう。
四日目……無視。やはり、合宿所に行ってみようかと思ったが、この日もためらった。
五日目……無視。

六日目……無視。

七日目……無視。　一週間が経った。


「待つ身は、つらい……」

さすがの青葉も、『無視』され続けることが、こんなにつらいものとは思わなかった。

声すらかけてもらえない寂しさ、切なさ。せめて食って掛かってきてくれたらと嘆《なげ》いた。

青葉は、少年時代のある情景《じょうけい》を思い浮かべていた。

小学生の時も、中学生の時も、誰ともおしゃべりしない、おとなしい子がいたことを。

遊びが大好きな青葉少年には、

「どうして、みんなと一緒に遊ばないんだろう」

と、不思議でしかたなかった。

でも、もしかしたら、自分の『居場所《いばしょ》』がほしくて、
誰かから、声をかけてもらえる日を待っていたのかもしれない。


八日目……

「…おれは、監督の器《うつわ》じゃないのかもしれない……」

と、しゃがみこんだまま俯《うつむ》いている青葉のところに、
二年生の二宮と、三人の一年生が、ためらいながらやってきた。

「お前たち……」

「監督。練習さぼってすみません」

上級生の二宮が、躊躇《ちゅうちょ》しながら言った。

「おれたち…、本当は走りたいんです。強くなりたいんです！

でも、仲間たちのことを思うと、何か気まずくて……」

もっともなことだろう。

あれほど監督を罵倒《ばとう》した学生たちが、のこのこと顔を出せるはずがない。

特に二宮は、秩父農工出身で青葉の後輩だ。

一人だけ浮《う》いた存在にはなりたくないだろう。

だが二宮が、思いの丈《たけ》をぶちまけた。

「監督。走りたいのは、おれたちだけじゃないんです！

ほとんどの部員が走りたいんです！

監督は、おれたちのことを二流、二流と言うけれど、みんな地元の高校から期待されて大東に来たんです。全国高校駅伝にだって出場しています。だから本当は走りたいんです。でも、何かムシャクシャして素直になるのがいやなんです。おれたちを二流、二流と否定ばかりする監督に言い負かされているみたいで……」


青葉は、本心から部員たちを二流扱いしているつもりはなかった。

自分だって、全国高校駅伝・区間二十八位の二流だったのだ。

二流軍団が箱根駅伝に出場できるほど箱根路は甘くない。

その箱根駅伝を走った二宮たちが、二流のはずなどなかった。

だが、オール一年生で箱根駅伝初出場を果たした選手たちは箱根の怖《こわ》さを見失い慢心《まんしん》してしまった。

その驕《おご》りに気づき、それを克服《こくふく》するためには練習しかない。

青葉は、そう信じていたのだ。

しかし、本当に必要なのは、選手を二流、三流と逆《さか》なでして、猛練習させることだけだったのだろうか。

青葉は、日大時代に教員免許取得のために受けた授業を思い出した。子どもたちの意欲、やる気を引き出すために最も大切なこと。

そうだ。「長所を見つけて、そして…ほめる」……すっかり見失《みうしな》っていた。

青葉は、右手でこぶしを作って自分の頭をガツン、ガツンと叩《たた》いた。

「よしわかった。まずは五人で一緒に走ろう。一緒にな！」

それからほどなく、
一人また一人と、早朝練習、そして放課後の本練習に参加する部員が増えていった。
まだ二年生だが、すでにリーダー格となっていた二宮が、
仲間たちに声をかけてくれたおかげだった。青葉は、
——おれも、二宮に声をかけてもらった一人だな。監督が、学生から教えてもらったな。
と、はにかんだ。

余談《よだん》だが、

青葉より三つ年長《ねんちょう》で、箱根駅伝にも出場した順天堂大学ＯＢに小出義雄《こいでよしお》がいる。元リクルート監督の小出が、「キューちゃん」こと高橋尚子《たかはしなおこ》を、「ほめて、ほめて、ほめまくって」

彼女を伸ばしたというエピソードは、とても有名な話である。

高橋尚子は、二〇〇〇年（平成十二年）、

シドニーオリンピックの女子マラソンで、みごと金メダルに輝いている。

さて、話は戻って、

青葉は、退部届を出した六人の部員にも復帰を促《うなが》した。

だが、陸上部に戻ってきたのは二人だけだった。

陸上部を退部して、そのまま大学を去《さ》っていく者もいた。

その中の一人が監督室に挨拶に来た。あの、口を尖《とが》らせて、目つきの鋭《するど》かった部員だ。

だが今、青葉の前に立つその若者の表情は穏《おだ》やかで愛嬌《あいきょう》すら感じられた。

まったく別人のようだった。

「監督。生意気《なまいき》言ってすみませんでした。

おれ、大学辞《や》めますけど、ずっと大東を応援します。いつか、必ず優勝してくださいね」

「ありがとう。残念だが、もう引き留めはしない。

ところで、お前、大学辞めてこれからどうするんだ」

「田舎《いなか》に帰って就職します。おれが働かないと家が困《こま》るから。うちは、貧乏なんです。

うちは子だくさんで、おれは長男だから」

——長男だから特別扱いされないのか。甘えは許されないのか…。

と、青葉は低い声でつぶやいてから問い直した。

「お前、授業に出たことないんだよな。この一年間、練習がないときは何やってたんだ」

「もちろんバイトですよ。田舎に仕送《しおく》りしなくちゃいけませんから。

でも監督。おれは、この一年間に満足してますよ。

大東に誘《さそ》ってもらえて、大学生になれて、箱根駅伝にも出場できた。

成績はビリでも、オール一年生の大東は注目されましたからね。

おれの名前がラジオで紹介されたって、田舎の同級生たちが自慢してくれました。

だから、ここで辞めてもいいんです。

勉強が嫌いなおれでも、足が速かったおかげで大学生になれて、箱根に出て。ぼろっちいけど陸上部には合宿所もあったし、食事もついていたし。文句《もんく》言ったらお天道様《てんとう》のバチがあたりますよ。

それから、監督に恨《うら》みはないですよ。

監督の言う通り、学生の本分《ほんぶん》は勉強だって、当たり前ですよね。でもおれ、授業より働かなくちゃならないんです。わかってください」

青葉の脳裏《のうり》には、六年前の日本大学進学時に、秩父の伯父が発《はっ》したひと言がよみがえった。

「おい昌幸！　青葉家には、お前を大学に行かせるだけの金《かね》があった。お前は、幸せもんなんだ！　一生懸命やらにゃあ、お天道様からバチがあたるぞ！」

世は、高度経済成長時代《こうどけいざいせいちょう》と呼ばれていたが、現実の豊かさは、まだまだ追いついていなかった。

――一人ひとりが人生を背負《せお》って、今を懸命に生きているんだな。

青葉は、しみじみと、人それぞれの境遇《きょうぐう》というものを噛《か》みしめた。

青葉はこれを機に、学生食堂の二階にある陸上部合宿所への住《す》み込《こ》みを決めた。

大東大陸上部には、まだ一・二年生しかいない。

二十五歳の自分が上級生役になって、部員たちの相談相手になろう。

そして、部員たちと生活を共有しながら、彼らの長所を見つけて伸ばしていこう。

悩みや生活習慣の乱れも、どう克服《こくふく》していくか語り合ってみよう。

もちろん、監督として叱りつけることもあるだろう。

部員たちは、窮屈《きゅうくつ》な思いもするだろう。

しかし、上級生のいない今の大東大陸上部にとっては、間違いなくそれが必要なんだ。

そう信じて、青葉は入寮《にゅうりょう》の決意を固《かた》めた。

青葉は、合宿所の入口に、

『大東文化大学陸上競技部』という立派な看板を掲《かか》げた。

大東大陸上部は、実質的には、まだ大東大駅伝部だった。

青葉はいつの日か、短距離も跳躍《ちょうやく》も投擲《とうてき》も、そして女子部門もある総合的な立派な陸上競技部にするという志《こころざし》を立てて看板を掲げた。

大東文化大学の教員として学校の授業を持つ青葉の、陸上部合宿所での住み込み生活が始まった。

ハツエが思った通り、青葉が、「仕事と生活を別々」にすることなど出来なかった。大きくなり始めたお腹をかかえた愛妻《あいさい》が、秩父で待っていることを忘れたわけではなかったが……。


この年、一九六八年（昭和四十三年）四月の毎日マラソン（後《のち》の、びわ湖毎日マラソン、二〇二一年終了）では、日本大学同期生の宇佐美彰朗が優勝し、メキシコオリンピック代表に選ばれた。

オリンピックが開催された十月のマラソン競技では、銀メダルの君原健二に国民の目が集中したが、オリンピック初出場の宇佐美も堂々の第九位だった。


さて、話は再《ふたた》び、一九六八年の五月。

放課後の本練習に加えて、早朝練習の手応《てごた》えが出てきたころである。

当時の大東文化大学には、陸上競技部が自由に使えるグラウンドがなかった。そこで、ヂーゼル機器《きき》（現・ボッシュ）という東松山市内の大手自動車部品メーカーのグラウンドを借りた。

ヂーゼル機器のグラウンドには、四〇〇メートルのトラックがあって、しっかりとタイムを計測することができた。

そのグラウンドで、まず五〇〇〇メートル一四分台を叩きだしたのは、エースの二宮ではなく、尾堂《おどう》・前田《まえだ》・小田《おだ》の三人だった。

他の部員たちも、着実に自己ベストを更新《こうしん》し続けた。

部員たちの切磋琢磨《せっさたくま》が、はっきりと現れ始めた。

青葉は、「黙っておれについてこい」と、ひたすら先頭を走るトレーニングを反省し、部員の走力に合わせる練習に切り替えた。

みずからがペースメーカーになって、少しずつ少しずつ負荷《ふか》をかけながら選手たちの能力を伸ばすことに徹《てっ》した。

心理学や目標達成のための学習システムの分野で知られる、「スモール・ステップ」という原理がある。

小さな目標をクリアさせながら、大きな目標に近づいていくという指導方法である。

青葉が、それを意識していたかどうかは分らないが、
この時期の青葉は、「スモール・ステップ」の理論を応用した練習に取り組んでいた。

部員たちよりも速く走れた青葉だからこそ実践《じっせん》できた長距離トレーニングであった。

こうして大東大陸上部員たちは、めきめきと力をつけたが、
彼らの能力を伸ばした決定的要因は、
大東文化大学・東松山校舎周辺に広がる比企丘陵《ひききゅうりょう》にあった。
青葉は、大東文化大学陸上競技部監督を受諾したときから、
東松山市・比企郡滑川町《なめがわ》・嵐山町《らんざん》・小川町《おがわ》などに広がる比企丘陵の自然環境が、
世界に通用する陸上競技選手の育成にぴったりであることを見抜《みぬ》いていた。
山並みこそないが、ふるさとの秩父によく似た地形で、盆地でないぶん、
どこまでも走っていけそうなスケールの大きいアップダウンが続いている。

「ここを毎日走っていれば、必ず勝てるチームになる」
青葉は、そう確信していた。

こうして青葉は、比企丘陵のクロスカントリー・トレーニングをベースに、ユニークな練習をいくつも導入した。秩父農工時代のように、ただ黙々と走るだけでは、一〇代の若い部員たちには堪《た》えられないだろうという思いもあった。

大東大の体育館には、ハードルやマットを使って館内をぐるぐる回る障害物レースのコースを作った。綱登《つなのぼ》りをして二階に上がり、そこからターザンのようにロープにつかまって、下のマットめがけて飛び降りるのだ。

タイミングよく手を離さないと着地に失敗してしまうかもしれないと、最初のうちは怖《こわ》がって震《ふる》える部員もいた。

だが、やがて、「ははは っ。これは面白《おもしろ》いぜ」と、みな夢中になって取り組み始めた。

青葉は常々《つねづね》、

「少年時代の遊びこそが、子どもたちの体を育《はぐく》む第一の段階」と、語っているが、体育館の周回トレーニングは、子どもの遊びを膨《ふく》らませたようなものだった。青葉の導入するトレーニングには、必ず遊び心が盛り込まれていた。それは、秩父のわんぱく坊主時代に培《つちか》ったエッセンスそのものだった。

六月になると山岳《さんがく》トレーニングが始まった。秩父の縦走《じゅうそう》コースを走るのである。尾根道《おねみち》を走るときは、左右が断崖絶壁《だんがいぜっぺき》のように見える。もちろん青葉は、そんな危険な場所を選んでいない。だが、部員たちは恐ろしさに腰を抜かしてしまい、「もう走れない」と、四《よ》つん這《ば》いになって弱音《よわね》を吐《は》いた。

青葉は、こう言って励ました。

「こんな道、秩父の子どもなら、あっという間に上っていくぞ。この程度でギブアップしていたら箱根の山上りなんかできないぞ」

こうしたトレーニングは、一見「非科学的」と笑われそうだが、十分《じゅうぶん》、理《り》にかなっていた。秩父育ちの青葉は、子どもたちが上手にバランスを取りながら尾根を走っていく姿を知っていた。

山岳トレーニングを活用すれば、体の軸《じく》がぶれない安定したフォームが自然に身につく。今でこそ、中・長距離のトレーニングとしてクロスカントリーが推奨《すいしょう》されているが、この時代には、まだ広く親《した》しまれてはいなかった。

山岳トレーニングは、まさに、秩父育ちの青葉ならではのアイデアだったのだ。

練習が軌道《きどう》に乗り、五〇〇〇メートルで十五分を切る選手がさらに出てきた。

それでも、部員のだれもが青葉にはかなわなかった。

リレー形式の練習をするとき、青葉はいつも最下位チームのアンカーを買って出た。

そして、前を走る部員たちをごぼう抜きにするのである。

「監督。ずるいですよ。おれたちは、さんざん練習をやってくたびれているのに、監督は見ているだけで元気なんですから」

そう言って部員たちは悔しがったが、

まだまだ、世界を経験した陸上選手との差は大きかった。

それを現実の練習の中で、世界と闘った本人と一緒に体験できるからこそ、部員たちは青葉を目標にして、青葉の指導ついていこうとしたのである。

大東大陸上部の二枚看板《にまいかんばん》の二宮《にのみや》と尾堂《おどう》。その一人、尾堂が仲間たちを鼓舞《こぶ》した。

「なあ、みんな。来年も絶対、箱根に行こうぜ！」

「おお!!」二宮を筆頭《ひっとう》に、部員たち全員が、大きな声で尾堂に応《こた》えた。

青葉は、はっきりと確信した。

「よし、この調子で夏までしっかり鍛えれば、必ずいいチームになるぞ」

しかし、運命の女神は残酷《ざんこく》な未来を用意していた。


〘エンディング・ソング「365日の紙飛行機」（AKB48）〙

第九区　涙のシード権

一九六八年（昭和四十三年）、六月十四日。
青葉監督率いる大東文化大学陸上競技部は、箱根の山上り・山下りの練習会に参加した。
青葉は、大学で用事があるため、ひと足先に電車で帰り、
部員たちは、翌日の早朝にマイクロバスで帰ることになった。
ところが、このマイクロバスが小田原市内でトラックと激突《げきとつ》し、
十数名の部員が負傷《ふしょう》してしまったのだ。事故の原因は、トラックの前方不注意《ぜんぽうふちゅうい》だった。
なかでもエースの二宮《にのみや》は意識不明《いしきふめい》の重体《じゅうたい》で、
内臓裂傷《ないぞうれっしょう》のため緊急手術を受けなくてはならなかった。

知らせを聞いた青葉は、病院に駆けつけ手術室の前に茫然《ぼうぜん》と立ちつくした。

しばらくすると、執刀医《しっとうい》の先生が血まみれの白衣《はくい》をまとって現れた。

聞けば、出血がひどいために輸血に次ぐ輸血で命を保《たも》たせているという。

「先生。お願いです。二宮を助けてください！」

すると、執刀医の先生が言った。

「大東大の青葉さんとおっしゃいましたか。見れば、まだ若い。青年監督さんですな。最善《さいぜん》は尽《つ》くしますが、万が一の覚悟はしておいてください」

その言葉を聞いて、青葉は愕然《がくぜん》として肩を落とした。

そして、手術室の前の床に膝《ひざ》をついてしまった。

極度の緊張と、真っ赤な白衣を見たための貧血《ひんけつ》で立っていられなくなってしまったのだ。


二宮の手術は、十時間以上におよんだ。

一人で、それも一日で、箱根駅伝十区間を走り抜けるような壮絶《そうぜつ》な大手術だ。

秩父から到着した二宮の両親も、ただひたすらに息子の生還《せいかん》を祈った。

二宮の母親は、息子が助かるものなら自分の命《いのち》を捧《ささ》げてもいいという想いだった。

続いて到着したのは秩父の伯父《おじ》だった。あの、青葉家のご意見番《いけんばん》だ。

「昌幸のところにいる二宮さんちの倅《せがれ》が、大ケガをしたから見てきてくれって、ギンばあちゃんが心配してな。

ハツエも行くと言ったが、お腹が大きくなりはじめたんで止められた。

で、どうなんだ。二宮さんちの倅は？」

うつろな目をした青葉は、
わかっているのかいないのか、ただ小さくうなずくだけで何も応《こた》えられなかった。

——二宮に、もしものことがあったら大学に辞表を出そう……。

このとき青葉が考えていたのは、そのことだけだった。


時計が午後十時を回ったころ、手術室から執刀医の先生が出てきた。

「大丈夫です。部員さんは助かりました。

出血がひどくて心配でしたが、さすが鍛えられた若者ですな。よく耐え抜きました」

二宮の母親は、あたりをはばかることなく、

「先生。ありがとうございます。ありがとうございます」

と、何度も頭を下げた。

「ただ、お母さん。当分の間《あいだ》は安静《あんせい》のまま入院していただくことになりますよ」

と、執刀医の先生がそう言った直後に、
それまで無言だった青葉が、執刀医に飛びかかるように口を開いた。

「先生！　ありがとうございます。

わかりました。私が、私が二宮の世話をします。退院するまで私がずっと付き添います。

何でもやります。何でもやりますから教えてください」

朝から何も食べずに小田原に駆けつけ、
二宮の手術結果を待った青葉の目は、真っ赤に充血《じゅうけつ》していた。足元はふらふらだ。

二宮の父親が、青葉を思いやるように言った。

「監督さん。ありがとうございます。

幸いに息子は助かりましたし、これは交通事故ですから……」

「いや違います。これは、監督の私の責任です。

大東文化大学陸上競技部監督である、私の責任……」

と、青葉が言いかけたその瞬間、
ご意見番の伯父が、大きな青葉の首根《くびね》っこをぎゅっとつかんだ。

驚いた青葉は、足を滑《すべ》らせて尻もちをついてしまった。
そしてそのまま、伯父は黙って、人のいない廊下《ろうか》の隅《すみ》まで青葉を引きずっていった。
青葉は尻もちをついたまま、まったく動きがとれなかった。
それから伯父は、青葉に馬乗《うまの》りになると、いきなり強烈な一発を顔面に食らわした。
一瞬の間《あいだ》の出来事に、青葉は何が何だかわからなかった。
伯父は、仁王《におう》のような形相《ぎょうそう》で青葉を睨《にら》みつけた。

「おれは、戦争が終わって軍隊から帰って来てから、
絶対に人を殴《なぐ》るまいと思っていたが、今のお前だけは許せん。
何が大東大監督の責任だ。かっこつけるんじゃねえ、バカタレ！
二宮さんちには気《き》の毒《どく》だが、お前の部下、いや部員は二宮さんちの倅だけか。
他にもケガした連中が大勢《おおぜい》いるんじゃねえのか。
昌幸。おまえは大将なんだろ。
お前が二宮さんちの倅にだけかまけていたら、他の連中はどうなるんだ。
おれは、軍隊で何千人、何万人という戦友を失った。

でも戦っている最中《さいちゅう》は、悲しくても泣きたくても、逃げずに前に進むしかないんだよ。
お前は、ケガした他の連中の面倒だって見なくちゃいけねえんだろ。
元気な連中だっているんだろ。
てめえの都合だけで、責任の取り方決めんじゃねえ！
てめえの役割で、責任とるんだ！
今のお前は、大将の責任を忘れて、楽な方へ逃げよう逃げようとしているだけだ！」
そこへ、執刀医の先生がゆっくりとやってきて言葉を継《つ》いだ。
「伯父さんの言う通りだよ、監督さん。
大将には、どっしり構えてもらわなくちゃ。実は、私も軍隊にいたからわかるんだ。
君が右往左往《うおうさおう》していたら、部隊は全滅《ぜんめつ》してしまうぞ。
二宮くんのお世話は、病院で責任持ってやらせていただく。
監督さんは、しっかりと腹《はら》を据《す》えて他の部員たちの面倒を見てやらなくちゃ。
若い監督さんで大変だろうけど、引き受けたからにはやり遂《と》げなけりゃな」

青葉は、身重《みおも》の妻を秩父に残し、みずからは陸上競技部の合宿所に住み込み、すべてを賭《か》けて箱根駅伝を目指しているつもりだった。

しかし、周囲から見れば、まだまだ視野《しや》の狭《せま》い駆け出しの若僧《わかぞう》に過《す》ぎなかった。

思わぬ大事故《だいじこ》と大《おお》ケガで気が動転《どうてん》していたとはいえ、大東文化大学・陸上競技部の監督という立場をすっかり置《お》き去《ざ》りにしていた。


——考えてみれば、執刀医の先生だって十時間以上も二宮と一緒に闘ってくれたんだ。

その間《かん》、おれはただ座ってうなだれていただけ。

いや、もしもの時は、大学に辞表を出そうとまで考えていた。

大学を辞めようだなんて、ただ逃げ出したかっただけじゃないか。

そんな自分が、大東大陸上部監督の責任として……か。

生《い》き死《し》にの修羅場《しゅらば》をくぐってきた伯父さんが、腹を立てるのも無理はない。

命《いのち》懸《が》けとか一生懸命には、まだまだ程遠《ほどとお》いな……。

青葉は、少しづつ落ち着きを取り戻していた。

大手術の翌朝、青葉は、小田原の町から箱根の山々を見つめていた。

偶然にも、この日は青葉の二六才の誕生日だった。

「どうだ、昌幸。少しは眠れたか。お前も大変なのに、殴ったりして悪かったな」

知らない間に、伯父が隣に立っていた。

「ああ伯父さん、ありがとう。おかげで目が覚《さ》めたよ」

「おれも短気だけど、殴ることだけは、やめるつもりだったのになあ…」

「伯父さん、どうしたの？　何かあったのかい」

「なあに。…戦争中の話だがな…。おれのところにも赤紙《あかがみ》が来て…軍隊に入った。

そしたら、二等兵《にとうへい》は毎日殴られっ放《ぱな》しだ。

何だかんだと、イチャモンつけちゃあ殴るんだ。

いじめってやつだな…。

だから、おれが一等兵《いっとうへい》になったら絶対二等兵を殴らないつもりだったよ。

おれの仲間たちも、みんなそう言っていたんだ。

ところが、変わっちまうんだよなあ…。

新入りが入ると、今度は、いじめる側になって殴り始めるんだ。

おれも、そうだった…。おかしいだろ…。
悪いことって、うつるらしいな。親子もそうなのか。遺伝《いでん》すんのか？」
「ああ、世代間連鎖《せだいかんれんさ》のことかな」
「そうか。むずかしくてわかんねぇけど。悪いことは直さなくちゃな。
お前の仕事は駅伝だそうだが、世の中ってのは、継《つ》ながなくちゃいけねえことと、
どっかで断《た》たなきゃいけねことがあるようだな。
まあ、カーとなっちゃって、すまなかったな。許してくれな」
「ううん、伯父さん。おかげで自分の幼《おさな》さに気づいたよ。
おれも、自分の未熟《みじゅく》なところを直さなくちゃなあって。
おれが、もっとしっかりしなけりゃ部員たちに申し訳ないよ。
ギンばあちゃんから、あんなにケガさせるなって言われてたのにな」
「ギンばあちゃんかぁ。二宮さんちの倅と、お前のことを、そりゃあ心配してな。
仏壇《ぶつだん》の前に座ったまま手を合わせて拝《おが》んでいたよ。
孫《まご》のお前のことが、本当にかわいいんだな…」
「また、ギンばあちゃんに心配かけちゃったな。

ハツエも、きっと心配してるだろうな……。お腹に赤ちゃんいるのになあ……。
とにかく大事なことは、おれがもっともっと成長することだよ」
青葉は、箱根の山々に語りかけるように自分自身を戒《いまし》め言い聞かせた。

それ以来、青葉は、
可能な限り二宮の病室に通《かよ》いながら、ケガを負《お》った他の部員たちにも寄り添った。
すると次第に、部員たちの青葉を見る目が変わっていったのである。
青葉の二宮に対する懸命な看護。
そして、ケガを負った他の部員たちに配慮した体《からだ》のケア。
さらに、ケガはしなかったものの、大事故のトラウマに縛《しば》られた部員たちの心《こころ》のケア。
そうした青葉の姿を、部員たち全員が見ていた。
部員たちは、いかに自分たちが大切にされているかを感じ取っていた。
「この監督についていけば、必ず見たことのない高《たか》みに到達できる」
部員たちは、監督のためにも、二宮のためにも、
「ここでくじけてなるものか」という思いを強く持った。

数日後、青葉が二宮の看護から帰ってきたある日、二宮とともにリーダー的な存在だった尾堂が、部員たちを連れて監督室にやってきた。

「監督……。練習できなくてすみません」

「なんだ、気にするな。

尾堂。お前の肘《ひじ》の包帯も、そろそろ代《か》えたほうがよさそうだな」

尾堂が、部員たちを代表するように言った。

「監督！　おれたちは、まだ走れます！　走れるようになります！

もう一度、箱根で走りたいんです！」

「……尾堂。おれも箱根に挑戦したい。

けれども、それよりも、お前たちが元気に回復してくれれば……」

「監督。なに言ってるんですか！

おれたちは、予選会に勝って、また箱根を走りたいんです！

それに、おれたちは、二宮の分まで走らなくちゃだめなんです！」

「二宮の分まで…」

「そうです！　あの退部騒動の時、
二宮が、『おれたち、本当は走りたいんです！』って、監督に言ってくれたから、
今、おれたちは走れるようになったんです。
だから、おれたちは、二宮の分まで走らなくちゃいけないんです！」
若い力は、たとえ体が傷ついていても、心は負けずに前を向いていた。

『禍福《かふく》はあざなえる縄《なわ》のごとし』という格言《かくげん》がある。

「人生は、災いと幸せとを縄のようにより合わせてできているものだ」という例えだが、
青葉は今、その言葉をしみじみと感じていた。

〈部員の退部騒動を、二宮が救ってくれた〉

〈その二宮が、生死をさまよう交通事故に遭遇《そうぐう》した〉

〈二宮は命をとりとめたものの、選手生命は絶たれ、大東大陸上部はエースを失った〉

〈しかし、部員たちは、二宮のためにも走らなければならないと言い切った〉

〈交通事故を機に、青葉と部員たちとの絆《きずな》は揺《ゆ》るぎないものに変わった〉

青葉は、心の中で強く誓った。

「つらいことは、まだまだあるだろうが、
運命が、おれに大東大陸上部監督として走り続けろというならば、
逃げたりせずに、目標に向かって進んでいこう。部員たちのためにも、二宮のためにも」と。

こうして『青葉丸』は、再び帆《ほ》を揚《あ》げ、ケガの癒《い》えた部員たちから練習が再開された。大東大陸上部の結束《けっそく》はさらに強まり、ブランクを取り戻すための練習の日々が始まった。

例によって、比企丘陵のアップダウンを走るクロスカントリー主体のトレーニングだ。


夏休みになると、伊豆大島で足腰を鍛えるための合宿を行った。

一面が急斜面の砂地《すなち》を、上がったり下がったりして走り回るのである。

嘔吐《おうと》してへたばる部員が続出し、
部内ではたちまち、「青葉の地獄トレーニング」と、名づけられた。

「監督。こんな練習をして役に立つんですか」

「大丈夫。ここで鍛えておけば、一〇〇〇〇メートルが楽々と走れるようになるぞ」

と、青葉は涼しい顔で答えたものだった。

やがて、お盆が近づいてきた。
しかし青葉は、簡単には帰省《きせい》させない。
たっぷりと走らせた後《あと》、縄跳びの二重跳《にじゅうと》び連続二百回を課《か》して、
成功したら帰省してもよいと言うのである。
いとも簡単にクリアして田舎《いなか》に帰っていく者もあれば、
何回やっても惜《お》しいところで引っかかる者もいた。
青葉は、「おいおい、どうした。その調子だとお盆休み返上《へんじょう》だな」
と、意地悪を言ったが、残りが四、五人になったところであっさりと帰省させた。
青葉流の練習は、厳しいがスパルタではないのだ。

そして秋、青葉は、部員たちに確かな手応《てごた》えを感じていた。
一人ひとりのタイムも向上したが、
何よりもチームとしての一体感が生まれたことが大きかった。
部員と監督との信頼関係だけではなく、

部員同士が、お互いを励まし合い磨《みが》き合《あ》う気持ちが嬉しかった。
駅伝という競技、特に学生チームが勝ち抜くためには、
ONE・TEAM（ワン・チーム／強く結束したチーム）として、
心を一つにしなければならないのだ。

さて、チームとして一体感をつかんだ大東大陸上部『青葉丸』が初出航《はつしゅっこう》する、
第四十五回箱根駅伝予選会の日を迎えた。
千葉県検見川《けみがわ》で行われた予選会の結果は、専修大学に次いで二位だった。
しかも、残したタイムは専修大学とともに予選会新記録という堂々たるものだった。
先ずは、「箱根駅伝連続出場権」という切符を手にした。

年明けの箱根駅伝が、日《ひ》、いちにちと迫《せま》ってくる連日連夜《れんじつれんや》、
青葉は本選へ向かっての区間配置を思案し続けていた。
区間配置は、新人監督・青葉にとって予想以上に大変な仕事であった。
青葉は、連覇を狙う前年度（一九六八年）優勝校の日大・水田先生は、

自分などと比べられないほど悩んでおられるだろうと、三年前の我が身《わみ》、

――椅子を蹴り倒して「おれを、走らせてください！」と、直談判《じかだんぱん》した我が身を反省した。


青葉は、「ベストオーダー」を熟考《じゅっこう》するものの、何日たっても結論に至らない。

一区・部員A、二区・部員B。いや一区・部員C、五区・部員A……。

レースには流れや勢い、チャンスやピンチがある。

良い流れを作れる選手は誰か。悪い流れを断《た》ち切《き》れる選手は誰か。

最善の結果を求めて、青葉は考えに考えた。そして、考え抜いたある日、

「そうだ！これだ！これしかない！」という「最善手《さいぜんしゅ》」に、ついに辿《たど》り着いた。


青葉は、部員全員を集めて一区から順に発表を始めた。

『一区……尾堂！』

「おー。予選会、大東大トップの尾堂がスタートか」

選手たちは納得の表情だった。

『二区……前田！』

「よっ。花の二区は、予選会、大東二位の前田ね。頑張れよ」

『三区……若宮！』

「いよ！　一年生。頼んだぞ」

『四区……小田！』

部員たちは、まだ気がつかない。

『五区……高橋！』

この辺《あた》りから、部員たちのざわつきが始まった。

『六区……中原！』

「？……」

『七区……』

「監督。もしかして……」一年生の畑中が、恐《おそ》るおそる聞いた。

『七区……畑中！』

「監督。次は……おれですか？」同じ一年生の佐々木が、遠慮《えんりょ》がちに尋《たず》ねた。

『八区……佐々木！』

もう、部員全員が気づいていた。

『九区……寺島！』

「監督。アンカーは土持《つちもち》でしょう」と、尾堂が手を上げて言い当てた。

『十区……土持！』


「以上の通りだ。

これが二六才の新人監督・青葉昌幸が、練《ね》りに練《ね》って、寝ずに考えたベストオーダーだ。

みんな、頼んだぞ！」

「はあ…」

気の抜けたような反応だった。

「なんだ、なんだ、元気ないなあ」

新人監督は、予選会の学内《がくない》トップから順に出場選手を並べたのだ。

青葉は、どうだ、これに勝《まさ》るオーダーは無いだろうとばかりに解説を始めた。

「走る区間、走る区間、次から次へと残った選手の中から一番速い奴が出てくる。

走る方《ほう》も見る方《ほう》も、ワクワクするじゃないか」

部員たちからは、
「練習のタイムは、関係ないんですか？」
「記録会のタイムは、参考にしないんですか？」などという質問は全く出なかった。
幸いに集まった部員全員が一・二年生で、
少なくとも、あと二回は箱根出場のチャンスを持っているからだ。
それに、青葉が発表したオーダーには、ある意味、合理性と公平性がある。
何かキツネにつままれたような思いもあったが、
一応は、部員全員納得のオーダーで本選に臨むことになった。

青葉は、箱根路をひた走る愛弟子《まなでし》たちの姿をイメージしながら、
一区から一〇区までの選手たちを並べたオーダー表を合宿所の壁に貼《は》った。

［往路］
一区　尾堂　二年生　（前回五区　十三位）
二区　前田　二年生　（前回二区　八位）

三区　若宮　一年生
四区　小田　一年生
五区　高橋　一年生
［復路］
六区　中原　二年生　（前回三区　十三位）
七区　畑中　一年生
八区　佐々木　一年生
九区　寺島　二年生　（前回四区　十五位）
一〇区　土持　二年生　（前回九区　十五位）

そこには、大ケガをした二宮の名前はなかった。
あの事故さえなければ、二宮は確実にここに名を連《つら》ねていたはずだ。
もしかすると、エース区間の二区を任《まか》されていたかもしれない。
しかし、現実はそうならなかった。
運命とは、なんと酷《むご》いものだろうか。

あの事故で陸上競技選手であることを諦めざるを得なかった二宮の境遇《きょうぐう》を思うとき、青葉は胸がふさがる思いがした。

しかし青葉は、首を激しく左右に揺らし感傷的《かんしょうてき》な思いを振り払った。

選手一人ひとりに対する目配《めくば》り、気配《きくば》りは必要だが、自分の視線はチーム全体の行《ゆ》く末《すえ》を見つめなければならない。

「パン！パン！パン！」

青葉は、両手で自分の頬《ほお》を強く叩《たた》き、気合いを入れた。

一九六九年（昭和四十四年）、一月二日。

いよいよ、第四十五回箱根駅伝大会の当日を迎えた。

スタートの約一時間ほど前、

ウォーミングアップ中の一区・尾堂が、突然、青葉の所へやってきた。

「監督！　飛びだしてもいいですか！」

「なに？」

「飛びだしていいですか！」

「おっ。おう。わかった。いいぞ」

と、青葉は、一言《ひとこと》のアドバイスも与えられないまま即決《そっけつ》で答えてしまった。

だが、すぐに、「しまった。どこかでバテるぞ」と、思った時には、
もう、尾堂の姿はなかった。

次に尾堂の姿を見るのは、品川の八《や》ツ山《やま》。スタートしてから八キロの地点だった。

当時は、伴走車《ばんそうしゃ》が認められており、
各チームの監督が乗ったジープが八ツ山で待機していた。
伴走車は、前年度の優勝校から成績順に並んでいて、
後方《こうほう》の大東大のジープには、青葉と陸上競技部長の村田が乗り込んでいた。そこに、
「トップ、大東文化大学！」のアナウンスがコールされた。
「大東大のジープ、前に来て下さい！」と、言われたものの、
青葉の心臓はバクバクだった。ドライバーの手も震《ふる》えていた。
「安全運転、安全運転」と、つぶやきながら、

後《うし》ろで待機していた大東大の伴走車は、ゆっくりと名門校の隣を抜け、最後に水田先生の乗る日大の伴走車をスーっと通り越して一番前に出た。

そして、武者震《むしゃぶる》いの止まらない青葉の目に、トップを走る尾堂の姿が映《うつ》った。

大東大の伴走車は、尾堂とともに二区・鶴見《つるみ》中継所まで先頭を走り続けた。

一区を任された尾堂は、二位の順天堂大学に二十七秒の差をつけて、トップで二区・鶴見中継所に飛び込んだ。

もちろん、大東文化大学が初めて記録した箱根駅伝における区間賞だった。

　大東文化大学陸上部監督としての青葉の箱根駅伝デビューは、なんと第一区トップの区間賞だった。

「尾堂は、きっとやってくれる」と、期待していた青葉だったが、まさか、トップで走り通すとは、信じられないほど嬉しい大誤算《だいごさん》だった。

だが、尾堂本人にとっては、

「二宮だけがエースじゃない」という意地と、

「二宮、お前の分までおれが走る」という友情がもたらした快走だった。

これが駅伝である。

一方の二宮は、秩父市内の自宅で布団に横になったまま、正月の二日、三日はラジオにかじりついていた。

「みんな…、みんな、がんばれ……」と。

そして、「二宮の分まで、二宮と一緒に走る」

という思いは、尾堂だけでなく、後続《こうぞく》のランナーたちも同様だった。

大東大のタスキは、

二区以降も順調につながれていき、往路六位、復路十位、総合七位で、

みごと大会出場二回目にしてシード権を獲得したのだった。

交通事故と、エースの大ケガいう大ピンチに見舞われた『青葉丸』だったが、

その船の帆は高く揚《あ》がり一区・区間賞に加えて、シード権まで獲得することができた。

大会終了後、『青葉丸』の部員たちを乗せたマイクロバスが大急ぎで向かった先は、

埼玉県中央部の比企丘陵を越え、寄居《よりい》町・長瀞《ながとろ》町・皆野《みなの》町を経由して、さらに西にある秩父市だった。

大ケガを負って療養《りょうよう》している二宮の待つところである。

そこへ、ジャージ姿のままの突然のサプライズが押しかけてきた。

尾堂、前田、寺島といった同期の二年生たちと、一年生を含めた部員たち全員である。

二宮の目からは滂沱《ぼうだ》たる涙が、とめどもなくあふれだしていた。

「二宮。お前がくれたシード権だ。しっかりと掴《つか》んできたぞ」

アンカーをつとめた二年生・同期の土持が、

「大東文化大学」と刺繍《ししゅう》された緑色の「タスキ」を二宮の肩にかけた。

「み…、みんな…、ありがとう……」

二宮の涙は止まらなかった。一〇人の選手たちがつないだ「タスキ」の汗が、二宮の涙と相まって結晶《けっしょう》となり、光ったように見えた。

《エンディング・ソング「星空のエール」（GReeeeN）》

第十区　山の大東、初優勝

一九六九年（昭和四十四年）、一月、

大東大陸上部が、第四十五回箱根駅伝大会でシード権をつかんだ数日後、かわいい赤ん坊を背負《せお》った若い女性が、大きな荷物を手にして合宿所に現れた。

「少し遅くなりましてすみません。

シード権獲得のお祝いです。皆さんで召しあがって下さい。

今朝《けさ》ついたばかりのお餅《もち》ですから美味《おい》しいですよ」

部員たちは、どこかで見かけたような気がするのだが誰だかわからない。

部員の一人が思い切って尋《たず》ねてみた。

「あの～、どこかでお会いしたような気がするんですが？」

「あら、ごめんなさい。自己紹介を忘れてましたね。

東松山には、何度か伺いましたが、ご挨拶できませんでしたから。はじめまして。私、青葉ハツエと申します。青葉昌幸の妻です」

「え、え、え!!」

その場にいた部員全員が、一斉《いっせい》に絶叫《ぜっきょう》した。

「監督の奥さんですか！　じゃあ、背中の赤ちゃんは、もしかして……」

「長女の奈幸《なゆき》といいます」


部員たちが、ひそひそと囁《ささや》き始めた。

「おれ、監督は独身だって聞いていたぞ。本人から」

「おれだって、そうだ」

ハツエは微笑《ほほえ》みながら、「箱根駅伝が済むまでは内緒にしておく」という、二人の約束を釈明《しゃくめい》して、部員たちにお詫びをした。

詳《くわ》しく聞いてみると、まだ披露宴《ひろうえん》も挙《あ》げていないらしい。

単身赴任《たんしんふにん》の青葉との打ち合わせができないため、準備が整《ととの》っていないとのことだ。

部員たちは、そうした説明で事情は理解できたようだが、まだ、あっけに取られたまま、驚きから目が覚《さ》めないでいた。

「そういえば監督は、箱根が終わったら重大発表があるって言ってたような気がする」

「おれも、そんな話を聞いた覚《おぼ》えがある」

「おい、お前たちは、監督派か？　それとも奥さん派か？」

部員の一人が、やぶからぼうに皆に問いかけた。

「なんだ、それって？」

「つまりだな、

おれたちのためにと、結婚をひた隠《かく》しに隠《かく》してきた青葉監督が偉《えら》いか。

それとも、披露宴も挙げられないまま、

秩父でじっと我慢《がまん》してくれた奥さんが立派《りっぱ》か、ということだ」

「奥さんがエライ！」

間髪《かんはつ》を入《い》れず、全員の意見が一致した。

部員たちは、青葉の意向《いこう》などおかまいなしに、ハツエのためにと、どんどん勝手に披露宴の準備をすすめ始めた。

本当は、監督の青葉のためにも、出来る限り、披露宴のお手伝いをしたかったのだ。

箱根に出場できなかった二宮が、
ここは自分の出番とばかりに、秩父から部員たちに指示を送った。

招待するお客様の人選などはできないが、
あて名書き、切手貼り、連絡確認など、部員たちは、できることは何でもやった。

青葉家・山崎家の家族たちも、若い部員たちの飾らない思いやりが何よりも嬉しかった。

こうして、青葉とハツエは、めでたく披露宴を挙げることができた。

青葉は、これを機会にハツエとの同居《どうきょ》を望んだが、
ハツエは、「もうしばらく秩父に残る」と、言った。
監督として納得できる結果が出るまで、
心《こころ》置《お》きなく陸上部の指導に打ち込んでほしいからだった。
そうとは知らないオール青葉家連合から、
またしても青葉は、「薄情者《はくじょうもの》」というレッテルを貼《は》られてしまった。

さて、七位入賞でシード権を獲得して臨んだ翌年一九七〇年（昭和四十五年）、第四十六回箱根駅伝大会。大東大陸上部の成績は、さらに上がった。

一区の一年生・森下が、前年の尾堂と同様にトップに出た。最後は、東洋大学の伊沢に、わずか一秒の差でかわされたが、区間二位で、花の二区につないだ。

二区は、エースに成長した尾堂だ。青葉は、前年の経験から、「やはり、箱根駅伝は二区の選手を育てなければいけない」と、実感していた。尾堂は、区間四位の好走をみせ、東洋大を抜いて、トップで第三区・戸塚中継所の前田にタスキを渡した。尾堂は、二年連続のトップ通過である。

六区では二年生・若宮が区間賞の走りを見せ、一時チームを総合二位まで押し上げた。大東大は、往路三位、総合五位という結果を残した。青葉にとっては就任二年目、大東大陸上部としては創部四年目にして、往路のみとはいえ三位入賞を果たした。総合三位が、手の届くところまで見えてきた。

さらに、この年から始まった「全日本大学駅伝《ぜんにほんだいがくえきでん》」でも、四位という好成績を収《おさ》めた。
ここでは、一年生の安田が五区で区間賞を獲得し、大東大は一時トップに立った。
大東大陸上部の、あまりにも順調すぎる結果が続いた。
——どこかに「落とし穴」が待っているのではないのか？　と、
時に臆病《おくびょう》になってしまう青葉でもあった。

「全日本大学駅伝」は、正式名称を
「秩父宮《ちちぶのみや》賜杯《しはい》　全日本大学駅伝対校選手権大会」という。
関東の大学が対象となる箱根駅伝とは違い、
文字通り、日本全国の男子大学生チームが出場できる駅伝大会である。
現在では毎年秋に開催され、箱根駅伝、出雲駅伝とともに、
日本の男子大学「三大駅伝」競走大会のひとつに数えられている。
コースは、名古屋の熱田神宮《あつたじんぐう》から伊勢神宮・宇治橋までの八区間一〇六・八キロで、
「伊勢路《いせじ》」というニックネームがついている。

第一回大会は三月に行われたが、翌年の第二回から一月中旬の実施に変わり、一九八八年（昭和六十三年）からは毎年十一月の第一日曜日に変更されて現在に至る。参加チーム数は二十七校である。

その第一回全日本大学駅伝で、大東文化大学は四位に入った。

ちなみに一位は日本体育大学。以下、福岡大学、日本大学、大東文化大学、中京大学、大阪商業大学、大阪体育大学、九州産業大学、同志社大学、東京農業大学と続く。「全日本」という名の通り、日本中の大学が名前を連《つら》ねている。

大学「三大駅伝」のもうひとつ、「出雲《いずも》駅伝」は、正式名称を、「出雲全日本大学選抜駅伝競走」という。一九八九年（昭和六十四年・平成元年）、平成の元号とともに、第一回大会の産声《うぶごえ》をあげた。

出雲大社《いずもたいしゃ》大鳥居《おおとりい》前をスタートし、ゴールの出雲ドームを目指す全六区間のコースで、レースの総距離は四五・一キロである。

参加チームは基本的に二〇校で、毎年十月の「スポーツの日」に開催される。大学駅伝シーズンの幕開《まくあ》けを飾る大会とされる。

過去の優勝校として、山梨学院大学（五連覇）、東海大学（三連覇）、國學院大學（二〇一九年・初優勝）、東京国際大学（二〇二一年・初優勝）などが挙げられる。


十月に、約四五キロの出雲駅伝。

十一月に、約一〇七キロの全日本駅伝。

そして、年が明けた一月の二日・三日に、二〇〇キロを超える箱根駅伝と、わずか三ヶ月の間に、コースと距離の大きく異なる三つの駅伝大会が催《もよお》される。

この三つの駅伝を同じ年度内に制するためには、相当な選手層の厚みか、絶妙《ぜつみょう》のコンディション作りが求められる。スピードとスタミナをもつ、よほどバランスのとれたチームでなければ成《な》し得《え》ない。

いつしか陸上関係者たちは、どの大学が三大駅伝を制覇する『三冠校《さんかんこう》』になるか注目するようになるのである。


さて、一九七一年（昭和四十六年）、第四十七回箱根駅伝大会は、青年監督・青葉の「三年計画」集大成《しゅうたいせい》の年である。目標は、「総合第三位」。

もはや、監督・青葉だけでなく、四年生になった尾堂が、前田が、寺島が、「夢」に向かって最後の箱根路を駆け抜けた。
だが、一区・森下が二年連続区間二位の好スタートを切ったものの、二区・三区・四区の選手たちは、七位・六位・六位と本来の力を発揮《はっき》できなかった。
さらに、五区・山上りでは十四位と大きくつまずき、
総合三位を目指した大東文化大学は、
シード権には届いたものの、箱根駅伝七位という結果に終わった。
続く全日本大学駅伝も、大東大は六位という成績だった。
「三年計画」どころか、「箱根」も「全日本」も順位を下げてしまった。

わずか二年間の「出来すぎ」の結果、次は「総合三位だ」と、
青葉は、選手たちに上位成績を意識させすぎたかもしれない、と感じた。
おれは、「三年計画」を、部員たちの「夢」だと押しつけてはいなかったか。
それが、選手たちの気負《きお》いを生んで裏目《うらめ》に出たのかもしれない、とも感じた。
青葉は、初心に振り返って反省した。

おれは大東大監督として、もっと部員たちの心と技術の指導をしなければいけなかった。
とはいえ青葉は、「総合三位」の「夢」を描いていた卒業生たちに、
その花道を飾ってあげられなかったという申し訳ない気持ちで一杯だった。

一九七二年（昭和四十七年）、第四十八回大会。
青葉にとって四回目の箱根駅伝を迎えた。
監督として過去三度の箱根駅伝を経験した青葉は、
――箱根駅伝で、安定して上位の成績を収《おさ》めるためには、
エース区間の二区に加えて、山上り・山下りの選手を育てなければならない。
と、強く感じていた。
箱根駅伝には、五区・山上り、六区・山下りという特殊《とくしゅ》区間がある。
ここを克服《こくふく》しない限り、箱根駅伝での勝利はない。
その結果、大東大陸上競技部は、
「二区で流れをつくり、勝負を五区、六区と位置付けるチーム」づくりができた。
レースは、青葉の狙い通りに展開した。

花の二区の安田は区間九位だったが、安田を挟《はさ》む一区・鞭馬《むちま》と三区・森下の二人が、大東大陸上競技部初の区間新記録をだした。

そして、満《まん》を持《じ》して投入《とうにゅう》した五区・山上り松田が区間四位、六区・山下り若宮が区間二位でつなぎ、往路・復路ともに三位の安定した走りで、ついに総合三位を成《な》し遂《と》げた。全日本大学駅伝も、第一回目の順位と同じ四位に戻した。

この年（一九七二年）の九月、ドイツで、第二〇回ミュンヘンオリンピックが開催された。マラソン競技では、青葉の日本大学時代の同期生・宇佐美彰朗が、世界一を目指して四二・一九五キロの闘いに挑《いど》んだ。

宇佐美は、一九七〇年（昭和四十五年）三月の毎日マラソンから、ミュンヘンオリンピックまでの間に、七回のマラソンを走り五回優勝していた。しかも、一九七〇年十二月の福岡国際マラソンでは、二時間一〇分三七秒という、当時の日本最高記録、世界歴代三位の記録を出している。さらに、翌一九七一年九月のプレ・オリンピック（ミュンヘン国際マラソン）でも優勝しているのだ。

国民の誰もが、宇佐美の金メダル獲得を信じ、そして祈った。

それだけ期待される結果を宇佐美は残してきた。

レース中、ただひとり帽子をかぶって走る宇佐美は、
スタートから飛び出して、前半を快調にとばした。

しかし、オーバーペースがたたったのか、
一〇キロすぎにトップに躍り出たアメリカのフランク・ショーターに独走を許してしまい、最終的には十二位に終わった。

円谷、君原に続く期待を背負って走る宇佐美には、苦しいレースだったに違いない。

宇佐美は、雪辱《せつじょく》を期して、次回のカナダ・モントリオールオリンピック挑戦を目指した。


一九七三年（昭和四十八年）、第四十九回箱根駅伝大会。

青葉監督、五回目の箱根駅伝。青葉の手応《てごた》えは前年以上だった。

ただ一点、四連覇中の最強豪校《さいきょうごうこう》・日本体育大学の存在のみを除いて。

スタートは、一年生エースの秋枝《あきえだ》が東洋大学に次いで二位。

注目の五区・六区も区間三位・二位でまとめ、八区・九区・十区は三区間連続の区間賞で、往路四位・復路一位の総合二位だった。

しかし、青葉は、この成績・総合二位・準優勝を「良し」と、できなかった。

優勝（五連覇）の日本体育大学とは、何と十二分五九秒差もの総合二位だったからだ。

すぐ半月後に行われた全日本大学駅伝では初優勝を遂げたが、青葉の心は快晴とはいかなかった。

青葉は、「大東大には、まだ何かが欠けている」と思い始めていた。

創部七年目、監督就任五年目にして箱根駅伝総合第二位・準優勝。胸を張っていい立派な成績だ。

しかし、「優勝」のためには何が足りないのだろう。

青葉は、そればかりを考えていた。

そして当時、大学四強と呼ばれていた名門校との違いに気がついた。

四強とは、日本体育大学、日本大学、順天堂大学、国士舘大学だ。

青葉が大東大監督に就任した一九六九年（昭和四十四年）の第四十五回大会から、

第四十九回大会まで、大東大を除く上位四校は、すべて前述の四強だった。

この四校は、すべて体育系の学部あるいは学科を持っていた。

そこでは、保健・医療・栄養など、
トレーニングに必要なスポーツ科学が導入され始めていた。

青葉は、比企丘陵のアップダウンを走り込んで身体能力を鍛える大東大の強みは確信していた。しかし、科学的トレーニングを否定する者ではない。

事実、後年《こうねん》青葉は、大東文化大学スポーツ・健康科学部を立ち上げ、その初代学部長になるのだ。

だが、今の大東文化大学には、スポーツ科学のための予算はない。

そこで、青葉が思いついたのが、ハツエとの同居である。

まことに虫のいい話だが、ハツエに部員たちの栄養管理をお願いしようと考えたのだ。


「〝お父さん〟。栄養管理だなんて、とても無理です」

ハツエは正直に答えた。

「いや、違うんだ。ちょっと難《むずか》しく説明しすぎた。

部員たちに〝お母さん〟の、出来たてほかほかの手料理を食べさせてほしいんだ」

青葉とハツエは、すでに二児の父親・母親になっていた。

長女の奈幸を授《さず》かってから三年後、次女の幸紀《ゆき》が誕生していた。

青葉とハツエは、お互いを、〝お父さん〟〝お母さん〟と、呼ぶようになっていた。

部員たちの食事は、合宿所の下にある学生食堂でまかなわれていたが、朝食と夕食の時間が不規則になりがちだった。また、休日は外食が多く偏食傾向《へんしょくけいこう》があった。

青葉は、ハツエが菜食主義《さいしょくしゅぎ》で料理が得意なことを知っていたから、いつも通りのハツエの手料理は、十分満足できる栄養管理だった。

青葉の言う「お母さんの、ほかほかの手料理」というのは、本心からの名案《めいあん》だった。

ハツエは、「それでいいのなら、東松山へ行きます」と、了解してくれた。

大東大陸上部も、箱根駅伝準優勝という立派な成績を挙げた。

ハツエは、二児をもうけて、「そろそろ、家族揃《そろ》って一緒に暮らす方がいいかもしれない」と、思い始めていた時期でもあったのだ。

秩父の青葉家は、すでに祖父が鬼籍《きせき》に入っていたが、皆、元気だった。

そこへ、二人の幼な子が加わって幸せな日々を送っていた。

ハツエも青葉家に馴染《なじ》んでいたので、
祖母や両親を残して東松山へ行くことへは、ためらいもあった。

けれども、祖母のギンばちゃんが、

「秩父と東松山で、親子バラバラで暮らすより家族はひとつがいい」

と、言ってくれた。

「奈幸が小学校にあがる前に引っ越しておいた方がいいよ」

と、母も東松山行きを勧《すす》めてくれた。

ハツエは、三月いっぱいで長年お世話になった大田中学校を退職して、
青葉とともに合宿所での生活を始めることを決めた。

ハツエは、二人の娘を連れて、電車・バスと乗り換えながら、
秩父市から、合宿所のある東松山市・高坂《たかさか》へと向かった。
青葉から、食堂の二階にある合宿所の隣に、
八畳と四畳半の「新居」を用意したと聞かされていたからだ。

その「新居」の前で、ハツエは唖然《あぜん》として立《た》ち竦《すく》んでしまい体が動かなかった。

「かわいそう……」

「ごめん、ごめん」

と、青葉が少し遅れてやってきた。

「急用が入っちゃって。待ったかい。どうだい、新居、いいだろ？」

「かわいそう……」

「かわいそう？　そんなことないよ。部員たちは気に入っているんだぜ」

「部員さんたちじゃありません！　子どもたちです！

私は、お父さんについていくと約束したから構いません。

でも、奈幸や幸紀のことも考えてください！

それに…、こんなに早く家ができるだなんて不思議でしたが、

この新居はプレハブじゃないですか！　お風呂はあるんですか！」

「風呂？　もちろんあるよ…。合宿所に……」

青葉の声と大きな体が、だんだん小さくなる。

「えっ！　部員さんたちと共同ですか⁈
私もイヤですけど、子どもたちだって、まだ小さいといっても女の子ですよ！」
「お母さん…。何か、知らない間《あいだ》にずいぶん強くなったね……」
「そうです。私は、〝お母さん〟なんです！
そして、あなたは、この子たちの〝お父さん〟です！」
青葉は、たじたじだった。家庭人としての青葉は、完全に落第生だった。

しかし、このプレハブの「新居」は、子どもたちにとっては楽園のようだった。
いっぺんに、三〇人近い「お兄さん」たちができたのだ。
お兄さんたちにとっても、二人の女の子たちは「アイドル」だった。
「お兄さん」たちと「アイドル」はすぐに仲良くなり、
引っ越しの、その日から一緒にお風呂に入った。
合宿所の雰囲気が、一段と明るくなった。
青葉が言い訳がましく、
「なっ、お母さん。大丈夫だろ？」と、尋ねると、

ハツエは苦笑《にがわら》いしながら、
「仕方ありませんね」と、受け入れざるをえなかった。

青葉は、『早寝、早起き、しっかり朝ごはん』、
この「規則正しい生活習慣こそ、科学的トレーニングのはじめの一歩」と、捉《とら》えていた。
科学的云々《うんぬん》はともかくとして、ハツエも同様の考え方だったので、
部内では柔《やわ》らかく青葉イズム「規則正しい生活習慣」が浸透《しんとう》していった。
部員たちは、決まった時間に、きちんと食事をとるようになった。
ハツエは、部員たちを躾《しつ》けるではなく、
「朝ごはん、よく噛《か》んで、しっかり食べなきゃだめよ」
「今日は早く寝て、早く起きなさい。寝坊しちゃあだめよ」と、
明るく声を掛けてあげるだけだった。
しかし、その一言が部員たちの心を癒《いや》し、和《なご》ませてくれた。

子育てをしながらのハツエは、

朝一番の部員たちの食事の準備から、夜、お風呂につかるまで、
毎日が戦場のような、てんてこ舞《ま》いの日々だった。
いつしか部員たちは、まだ若いハツエを、
大東大陸上部の〝合宿所のお母さん〟と呼んで慕《した》うようになった。
一日中働きづめの〝合宿所のお母さん〟ハツエであったが、
部員たちとともに過ごした毎日は、
とても充実した、深く思い出に残る日々であった。

ハツエが『青葉丸』に乗り込んだ翌一九七四年（昭和四十九年）、
『箱根駅伝・第五十回記念大会』は、
過去の優勝校・明治・慶応などを招待して全二〇校の参加で開催された。
大東大陸上部の成績は、二年連続の総合二位という前年と同じ準優勝だった。
全日本大学駅伝も、前年に続き優勝を果たし二連覇を成し遂げた。
しかし、青葉の気持ちは前年とは全く違った。日本体育大学の六連覇を阻止して、
『第五〇回記念大会』の優勝テープを切ったのは、水田先生率いる日本大学だったが、

その差は二分〇四秒という、「優勝」を射程圏内《しゃていけんない》に捉えたものだった。

しかも、大東大陸上部は、のちに『山の大東』と呼ばれる象徴《しょうちょう》ともなる男、五区・大久保初男《おおくぼはつお》が、六区・秩父農工出身の金田五郎とともに区間賞を獲得した。


青葉は、大東文化大学陸上部の初優勝のために、以前から考えていた最後の一手《いって》を打った。

それは、日本大学の同期生・宇佐美彰朗の協力を得ることだった。


青葉は、東京都世田谷区にある母校・日本大学のグラウンドを訪れていた。

メキシコ、ミュンヘンオリンピック出場のマラソンランナー、日本最高記録保持者の同期生・宇佐美彰朗の協力を得るためにである。

宇佐美は卒業後、日本大学陸上競技部OB会「桜門陸友会《おうもんりくゆうかい》」というチームに所属していたのだが、青葉は、宇佐美に、こう話しを持ちかけた。

「ただ部員たちの前で走ってくれればいい。走ってくれさえすればいいいんだ」と。

宇佐美が走る世界は、もはや青葉の経験した世界のレベルではない。

宇佐美の走る姿を見せて、それを教えてマネすれば速くなれる、といったレベルではまったくないのだ。

ならば何故《なぜ》、青葉は宇佐美に、「ただ走るだけでいい」と、懇願《こんがん》したのか。

それは、青葉が部員たちの主体性を信じたからだ。

宇佐美の走りを見た部員たちが、何を感じ、何をつかむかは、彼ら一人ひとりのアスリートとしての魂であり、矜持《きょうじ》であり、闘争心だ。

青葉は、それを信じた。


ある日、東松山市のヂーゼル機器グラウンドには、マラソン日本最高記録保持者・オリンピアン・宇佐美彰朗の走る姿があった。

宇佐美は、青葉との約束通り、ただ黙々《もくもく》とヂーゼル機器のグラウンドを走り続けた。

「お、おい、うそだろ？」

「あ、あの宇佐美選手がグラウンドを走っているぞ！」

「…すげえなあ」

「ああ……」
青葉は、部員たちを信じた。
そして、部員たちの魂は、青葉の信頼に応えてくれた。
世界の超一流を間近《まぢか》に見た部員たちの目の輝きは、少年のように純粋そのものだった。
本物との出会いは、部員たちにとって、まるで神様との出会いのようであった。
青葉は、その日から、部員たちの目の色が変わったのをしっかりと覚えている。
部員たちの情熱は、またいちだんと燃えあがり、猛練習で記録が飛躍《ひやく》した。
青葉は、「今年こそは、いける。必ず、箱根の頂点まで」と、胸をふくらませた。
青葉は部員たちに、「次こそは、優勝」と、はっきり告げた。

一九七五年（昭和五〇年）、一月二日。
青年監督・青葉が就任してから七年目、大東大陸上部・創部九年目。
大東大の目標は、もう箱根のてっぺん「総合優勝」以外にはなかった。
『第五十一回　東京箱根間往復大学駅伝競走大会』

いよいよ、大東文化大学陸上競技部が、箱根駅伝大会に歴史を刻む時を迎えた。

青葉は、一区を走る一年生・橋口に、ハツエが自らの手で刺繍《ししゅう》した『必勝　大東文化大学』のタスキを渡した。

「橋口、悔いのないよう、思いっきり走ってこい。頼んだぞ」

青葉は、タスキを託《たく》した。あとは、部員たちを信じる。それだけだった。

関東学生陸上競技連盟会長が、スタートの号砲《ごうほう》を鳴《な》らした。

一区から二区・三区まで、区間二位・二位・五位でタスキを継ないだ大東大は、四区・鞭馬の区間新でトップに立ち、五区の大久保初男も区間新記録でダメを押した。

先ずは、往路優勝を果《は》たした。

往路二位の東京農業大学とは四分五七秒差、三位の順天堂大学とは六分二七秒差、すでに独走態勢《どくそうたいせい》に入っていた。


ところで、表舞台《おもてぶたい》の陰には、必ず裏舞台《うらぶたい》での見えない仕事が隠《かく》れている。

箱根駅伝開催中の、大東文化大学・陸上部合宿所の様子はどうだったのだろうか。

そこでは、年末から娘たちを秩父にあずけた〝合宿所のお母さん〟ハツエが、連日の不眠不休《ふみんふきゅう》にもかかわらず、大わらわの正月二日間を送っていた。

〝お母さん〟は大会中、大東大陸上競技部合宿所の〝事務局員《じむきょくいん》〟として、レース状況の情報伝達係《じょうほうでんたつがかり》を務めていたのだ。

当時はケータイやスマホなど無いから、各中継所の情報集約基地《しゅうやくきち》は、合宿所の電話一本だった。

その一本の電話に、中継所の選手係が、最寄《もよ》りの公衆電話《こうしゅうでんわ》から経過を伝えてくる。

そしてハツエが、次の中継所から入ってくる電話を待って、前の中継所の状況を伝えるのだ。

――リーン、リーン。

ガチャッ。

「はい、合宿所です」

「あっ、お母さんですか。こちらは二区中継所です。

一区・橋口は、第二位です。トップ筑波大とは一分十二秒差です。
三位は専修、四位は順天堂。二位から四位まで、五秒差で競《せ》っています」
「はい、うちは二位で、筑波大学とは一分十二差ですね。それから……」と、
これをハツエが、たった一人で、しかも全十区間繰《く》り返《かえ》し対応した。
例《たと》えていうなら、「女ひとり箱根駅伝」である。
ハツエも、裏舞台で、青葉や部員たちと一緒に闘っていたのだ。
さて、裏舞台《うら》・合宿所から、表舞台《おもて》・箱根路に戻って。
翌一月三日、復路一番でスタートした金田も区間新、七区・下村は区間賞、
八区・阿部・区間三位、九区・菊池・区間六位でタスキをつなぎ、
一〇区・アンカーは、四年生でキャプテンの竹内が区間新記録で走り抜き、そして、
『大東文化大学、ゴールテープを切りました！　大会新記録で初優勝です！』

大東大陸上部は復路優勝も果たし、

総合成績では二位の順天堂大学に九分四〇秒もの大差をつけ、十一時間二六分一〇秒の大会新記録で初優勝を勝ちとった。

青年監督・青葉の大きな体が、何度も何度も宙《ちゅう》を舞《ま》った。青葉は、一回、二回、三回と胴上《どうあ》げされるたびに、これは二宮の分、これはハツエの分、これは秩父鉄道監督と駅長さんの分と、チームや青葉を支えてくれた人たちに、

「ありがとう」「ありがとうございました」と、感謝の思いを込めながら、初優勝の喜びを分《わ》かち合《あ》った。

青葉の瞳は、うっすらと赤く染まって潤《うる》んでいた。

大東大陸上部は箱根駅伝初優勝の勢いで、全日本大学駅伝大会においても優勝（三連覇）を飾った。

翌一九七六年（昭和五十一年）の第五十二回箱根駅伝は、日本体育大学が、一・二・三区で区間賞を獲《と》り、序盤から独走態勢に入ろうとしていた。

四区終了時点で、日体大と大東大との差は二分三六秒。

往路のゴールテープは、日体大が切るものと誰もが信じていた。

ところが、大東大の五区・大久保が日体大を猛追《もうつい》し、
三年連続区間賞の走りを見せ、逆転して往路優勝のテープを切った。

大東大・大久保と日体大との差は、五分二五秒にまで拡がっていた。

金田から始まる復路も二人の選手が区間賞を獲得し、大東大は見事に二連覇を達成した。

もし、この時の様子がテレビ中継されていたなら、
大東文化大学・大久保初男は、初代〝山《やま》の神《かみ》〟として称《たた》えられていたことだろう。

大久保は、翌年も五区を走り、自らの区間記録を更新した。四年連続の区間賞である。

『山の大東』は、完全に大東文化大学陸上競技部の代名詞となった。

この年、大東大は、全日本大学駅伝でも四連覇を達成した。

その後も、大東文化大学陸上競技部は、青葉の方針でもある
「毎年確実にシード権内にとどまり、常に優勝の狙えるチームをつくる」を堅持《けんじ》し、
青葉の監督就任から数えると、二十四年間連続してシード権を獲得している。

青葉は、一九七五年・七六年（昭和五十二年・五十三年）の箱根駅伝二連覇達成後、この二年間、「優勝」の二文字《ふたもじ》に捉われすぎていなかっただろうかと振り返っていた。

「何が何でも上位入賞、そして優勝」という目標を掲《かか》げると、どうしても、勝ちにこだわる指導になる。

〈優勝や上位入賞は、目標ではなく使命《しめい》〉ということになってしまう。

プロスポーツならともかく、学生チームにおける駅伝競技の位置づけは、「フンナーの心《こころ》・体《からだ》・技術を磨いてくれる実践《じっせん》の場」として捉えるべきではないのか。

青葉は、

「学生駅伝は、教育の一環《いっかん》である。いちばん大切なことは『心』を磨くこと。そのために、『体』を鍛えて、『技術』を身につける」と、考え始めていたのである。

大東大陸上部は、二連覇以降、一四年間優勝から遠ざかるのだが、青葉率《ひき》いる大東大陸上部の成績には波《なみ》がなかった。

チームを毎年シード権内に収めながら、「常に優勝を狙える」という位置につけていた。

そして、一九九〇年（平成二年）、一九九一年（平成三年）と、二度目の連覇を果たすのであるが、記録の中で特筆《とっぴつ》すべきは、史上初の『三冠校《さんかんこう》』達成である。

一九九〇年、すでに十月、十一月の『出雲駅伝』、『全日本駅伝』を制した大東大陸上部は、一九九一年、一月の『箱根駅伝』で優勝し、史上初の、男子大学三大駅伝を制覇した『三冠校』に輝いたのである。

ちなみに二〇二三年（令和五年）現在の三冠達成校は、大東文化大学を含めて、順天堂大学、早稲田大学、青山学院大学、駒澤大学の五校のみである。

大東文化大学陸上競技部は、駅伝強豪校として永遠にその名を刻むのである。


〖エンディング・ソング「栄光の架橋」（ゆず）〗

エピローグ　『ありがとう』

西暦二〇〇〇年（平成十二年）、

青葉は、大東文化大学陸上競技部監督の『タスキ』を、只隈伸也《ただくましんや》、奈良修《ならおさむ》、真名子圭《まなこきよし》といった箱根駅伝を沸《わ》かした後進《こうしん》たちに託した。

青葉が指揮をとった三十二年間、箱根駅伝のシード権を逃《のが》した年もあったが、在任中は必ず本選出場を果たした。

その間、グラウンドも作られた。新しい合宿所も建てられた。

青葉とハツエは、二人の娘より少し離れて、長男・次男を授かり、新合宿所の近くに一戸建ての住まいを設《もう》けた。

今度は「かわいそう」と言われない、正真正銘《しょうしんしょうめい》の「新居」だった。

青葉の祖母・ギンばあちゃん、そして父、母は、ともに天へと召されていた。

ところで青葉は、大東文化大学陸上競技部監督を引退後、二〇〇八年（平成二〇年）の第八十四回箱根駅伝大会から九年間、関東学生陸上競技連盟会長として、箱根駅伝スタートの号砲を鳴らしている。『第一回箱根駅伝大会』で、「用意！」の掛け声の後、手を一振《ひとふ》りしてスタートの合図を発した金栗四三のスターターとしての『タスキ』をつないだのである。

しかし、青葉は、この時、悪性リンパ腫《しゅ》というガンに冒《おか》されていた。

そんな青葉を支え続けてくれたのも、やはりハツエだった。

ハツエの明るい笑顔と元気な励ましは、青葉のガンをも克服させたのだった。

青葉は、最愛《さいあい》の妻・ハツエの献身的な看護によって、今なおガンと闘いながらも、箱根駅伝と陸上競技普及のための活動を続けている。

これらはすべて、ハツエの心優《こころやさ》しい振《ふ》る舞《ま》いと、深い愛情の賜物《たまもの》である。

おかげで青葉は、大東大監督引退後も、関東学生陸上競技連盟会長として、正月二日・三日は、箱根路に出かけることができたのだ。
ハツエは、その留守《るす》を預かる〝合宿所のお母さん〟に、徹していたのである。
そのため、驚くべきことだが、
ハツエは、青葉が監督在任中はもちろんのこと、
監督引退後も、箱根駅伝を現地で見たことがないのだ。

ハツエは、いつか一度だけ、
叶《かな》うものなら、『第一〇〇回記念・箱根駅伝競走大会』の時、
青葉に寄り添って、箱根路を走る若者たちを間近で応援したいという、
ささやかな夢を抱《いだ》いていた。
しかし、その夢が叶うことはなかった。
あんなに元気だったハツエが、突然天国へと召されてしまったのである。
皮肉《ひにく》にも、ハツエもガンに冒されていたのだった。
『第一〇〇回記念・箱根駅伝競走大会』まで、あと四年。

二〇一九年（令和元年）十月　青葉ハツエ　永眠。　合掌

ハツエが天国へと召される三年前……。

二〇一六年（平成二十八年）、七月一五日。

東松山市のホテル紫雲閣《しうんかく》には、大勢の陸上競技関係者が集まっていた。

このホテルの一番大きな会場には、立派な横断幕《おうだんまく》が掛けられている。

『祝　青葉昌幸氏　日本陸上競技連盟　功労章受章祝賀会《こうろうしょうじゅしょう》』

この功労章は、日本の陸上競技発展・普及に寄与《きよ》・功績《こうせき》のあった人に授与《じゅよ》されるもので、一九二五年（大正一四年）の日本陸上競技連盟創立以来、金栗四三、織田幹雄、人見絹枝《ひとみきぬえ》などの偉大な功労者が受章している。

「青葉さん、おめでとう」

「先生、おめでとうございます」

「ハツエさん、心からお喜び申し上げます」
祝賀会場《しゅくがかいじょう》では、出席者たちが口々にお祝いの言葉をかけていく。
やがて、司会者からの開会の言葉。
来賓や陸上関係者の挨拶《あいさつ》、祝辞《しゅくじ》。そして、乾杯、懇談《こんだん》へと続いた。
青葉はハツエと一緒に、
会場のテーブルを一つ一つ回って、丁寧《ていねい》にお礼の気持ちを伝えた。

祝賀会も中盤を迎えた頃、会場の正面《しょうめん》と後方《こうほう》に二つのスクリーンが用意された。
そこには、青葉監督と大東文化大学陸上競技部の足跡《そくせき》が音楽とともに映《うつ》し出された。
『箱根駅伝優勝』時《じ》のゴールシーンや、
会場にいる大東大陸上部ＯＢたちの往年《おうねん》の躍動《やくどう》するシーンが、
輝かしい栄光とともに次々と蘇《よみがえ》っていった。
また、一瞬ではあったが、
箱根駅伝のタスキに、『必勝　大東文化大学』と、刺繍《ししゅう》するハツエの姿も目を引いた。

そして、いよいよクライマックス、記念品贈呈《ぞうてい》の時がやってきた。

司会者から、サプライズ・プレゼントが用意されているとの説明がされたあと、青葉に贈られた記念品、
それは、山口六郎次が『第一回箱根駅伝』を走った記念に作られたメダルであった。

山口の遺族《いぞく》が、「ぜひ、青葉先生に」と、用意されたものだった。

この日のためにリボンも付けられたメダルの表面には、

『FROM TOKYO TO HAKONE
CROSS COUNTRY MEDLEY RELAY RACE』

という文字が、「1919」という年号とともに刻《きざ》まれている。

『第一回箱根駅伝大会』は、一九二〇年《ねん》（大正九年）二月一四日であるが、第一回箱根駅伝の開催年度《ねんど》は、「一九一九年度《ねんど》」が第一回大会ということになっている。

青葉は、「そんな貴重《きちょう》なものを」と、何度も固辞《こじ》したが、

「では、しばらくの間《あいだ》だけ、お預《あず》かりさせていただきます」と、受け取りを承諾《しょうだく》した。

第一回箱根駅伝ランナーの『タスキ』が、ようやく箱根ランナーの青葉に渡った。
祝賀会もお開《ひら》きに近づき、青葉が壇上《だんじょう》に立った。
青葉のとなり、やや後方にはハツエもひかえている。
ハツエは、今日この日までの、青葉と過ごした日々を振り返っていた。

——あなたとは、幼いころ、大田小学校の一年生の教室から一緒だった。
大田中学校を卒業して、しばらく会えない時期もあったけれど、
あなたのことを忘れたことなんて一度もなかった。
秩父農工で再会できたとき、本当に嬉しかった。
日本大学に入学して、上京していったときは寂しかったけれど、
たとえ遠くにいても、
わたしは、あなたについていこう、力になれるようにがんばろう、
と、決めていた……。信じられる人だから……。

あなたと一緒に暮らすようになってからは、
人生の節目《ふしめ》、節目で本心を語り合って、真摯《しんし》にお互いの幸せを願ってきた。

秩父から東松山に移ったとき、
地元のお友達は、私のことを「駅伝未亡人《えきでんみぼうじん》」って、
少しほほえみながら、気の毒に思ってくれたようだけれど、
四人の子どもたちを授かって、八人の孫たちにも恵まれた。
そのうえ、何百人もの生徒さんたちと、夢をともにできた。
昌幸さん。わたしは、本当に幸せでした……。ありがとう……

祝賀会場では、締《し》めくくりの青葉のスピーチが始まった。
「みなさん。
今日は身に余《あま》る盛大な会を催《もよお》していただき、まことにありがとうございます。
ふり返って私は、秩父で生まれ、秩父の山河の中で育ちました。

秩父の大地が、秩父の風土《ふうど》が、少年時代の私、青葉昌幸を育ててくれました。
今、私が首に掛けさせていただいているメダルは、
箱根駅伝の生みの親の一人、山口六郎次先生のものですが、
山口先生と東松山市、比企丘陵、大東文化大学、そして私と秩父の山河が、
見えない『タスキ』で結ばれていたんだということを、本日は強く感じました。

ところで、
私は、子どもたちの発育《はついく》・発達《はったつ》は、小学校や中学校時代にあると思っています。
小学校や中学校での遊び方や過《す》ごし方《かた》が、バランス良く育つための基本であって、
この時代をどういうふうに生きたかが、とても大切だと思っています。
例えば、スポーツの種目を決めたり、ポジションを決めるのは、
小学校を卒業してからでも遅くないし、
義務教育が終了してからでも遅くはないと思います。
私は、スポーツというのは、
小学校や中学校で、いろいろなことを伸び伸びとやらせるのがいいと思います。

伸び伸びした大きな動きの中で、しっかりした習慣を身につけていけば、いずれ高校・大学で、どんなスポーツとの出会いがあってもうまくいくと思います。

けれども、甘やかしてはいけません。

伸び伸びと、自由気ままには違います。

『こころ』も一緒に磨《みが》くことが大事なんです。

日本の国技《こくぎ》、お相撲さんの世界では、『心《しん》・技《ぎ》・体《たい》』という言葉をつかいます。

子どもたちの『心・技・体』を育《はぐく》んであげるサポーター役は、親であり、指導者であり、それと広大《こうだい》な大地ではないでしょうか。

大学生は子どもではありませんが、

大東文化大学の陸上競技部の選手たちは、

まちがいなく、この広大な比企丘陵の台地で伸び伸びと大きく育《そだ》てられました。

さて、箱根駅伝は、

二〇二四年（令和六年）一月に、第一〇〇回の記念大会を迎えます。

第一〇〇回大会を走るランナーたちは、今は少年の子どもたちが成長した姿です。
第一〇〇回記念大会は、
金栗先生や山口先生をはじめ、先人たちの『タスキ』を受け継いだ、
素晴らしい記念大会になってほしいと願っています。
私も、箱根に育てられた一人として一生懸命に頑張ります。一生懸命に！
『どうか、みなさん！』
そういう青葉の思いを支えてください。お願いします！
本日は、大変ありがとうございました！」

青葉らしい、全力投球で、まっすぐに未来を見つめたメッセージだった。
——また、熱《あつ》くなっちゃったなあ……と、
壇上で照れをかくそうとする青葉のとなりには、やさしく微笑《ほほえ》むハツエがいた。

熱い熱いスピーチを終えた青葉は、
ちらりとハツエに目をやった。その視線には、

「お母さん、今日もありがとう……。ありがとう……」
という思いがこめられていた。

《エンディング・ソング「ありがとう」（いきものがかり）》

〈完〉

おわりに

原作　大内一郎《おおうちいちろう》………小説『青葉のタスキ』作者

比古地朔弥《ひこちさくや》……コミック版『青葉のタスキ』作画者

脚本　大内一郎………新・青葉のタスキ　～次の人のために～

朗読　出浦《いでうら》ゆみ………ちちぶエフエム・パーソナリティー

暮林《くればやし》まどか……ちちぶエフエム・パーソナリティー

編集　磯田恵美《いそだめぐみ》………ちちぶエフエム・パーソナリティー

協力

青葉昌幸《あおばよしゆき》………元・大東文化大学陸上競技部監督

※青葉監督の「青葉」の表記は、正式には『靑葉』と書きます。

ただし、本作品では、青葉監督のご了解をいただいたうえで

「青葉」を用いています。ご了承くださいますようお願い申し上げます。

二〇二三年（令和五年）、一〇月一五日。

この日、

二〇二四年（令和六年）、七月・八月に開催されるパリ・オリンピックの、

男子・女子マラソン日本代表ランナーを選考する、

MGC（マラソン・グランド・チャンピオンシップ）が行われました。

優勝のテープを切って、日本代表として内定した男性・女性の二人の選手は、

男子マラソンが、小山直城《こやまなおき》選手（埼玉県立松山高等学校陸上競技部OB）、

女子マラソンが、鈴木優花《すずきゆうか》選手（大東文化大学陸上競技部OG）でした。

小山、鈴木、二人の選手は、

ともに、埼玉県中央部に広がる比企丘陵をホームグラウンドとしたランナーです。

埼玉の大地が、比企丘陵の台地が、

「世界と戦う陸上選手」、男女二人のオリンピック・ランナーを生み出しました。

小山直城選手、鈴木優花選手、

パリ・オリンピックでの、両選手のご活躍を期待し、お祈り申し上げます。

二〇二三年　十二月

〘エンディング・ソング『雨のち晴レルヤ』（ゆず）〙

大内一郎（おおうち・いちろう）

昭和33（1958）年、埼玉県東松山市生まれ。
埼玉県立松山高校陸上部OB会理事。明治大学商学部卒（雄弁部OB）。
民間企業副社長。川越地区労働基準協会監事。
東松山市社会教育委員。東松山市PTA連合会長。
埼玉県生涯学習審議会委員。埼玉県地域家庭教育推進協議会委員。
新潟市立豊照小学校民間人校長。東松山市議会副議長を歴任。
現在、教育カウンセラー（学校心理士、臨床心理エキスパート）。

単著『青葉のタスキ』（スポーツ小説）
　　『慈愛の母　比企の尼』（歴史小説）
共著『学校カイゼン大作戦
　　　～20のミッションを企業ノウハウで改善！～』
　　　　　　（カイゼン実践校が、文部科学大臣賞受賞）

新 青葉のタスキ　～次の人のために～

2024年　4月20日　初版第二刷発行
　2023年12月10日　初版第一刷発行
著　者　大内一郎
発行所　まつやま書房
発行者　山本智紀
　〒355－0017　埼玉県東松山市松葉町3－2－5
　Tel.0493－22－4162　Fax.0493－22－4460
　郵便振替　00190－3－70394
　URL:http://www.matsuyama－syobou.com/
印　刷　日本ワントゥワンソリューションズ

© ICHIRO　OOUCHI　ISBN 978-4-89623-211-0 C0093